Elke Heidenreich, geboren 1943, lebt in Köln; seit 1970 arbeitet sie als freie Autorin und Moderatorin bei Funk und Fernsehen; moderiert seit 2003 im ZDF die Literatursendung LESEN. 17 Jahre Kolumnistin bei der Zeitschrift «Brigitte».

Im Rowohlt Taschenbuch Verlag liegen u. a. vor: «Kolonien der Liebe. Erzählungen» (rororo 13470), «Der Welt den Rücken. Geschichten» (rororo 23253) und die «Also ...-Kolumnen aus BRIGITTE», Band 1–5. Zuletzt erschienen die Geschichten «Rudernde Hunde» gemeinsam mit Bernd Schroeder (Hanser Verlag), «Wörter aus 30 Jahren» (rororo 23226), «Kein schöner Land» (rororo 23535), «Datt kann donnich gesund sein» (rororo 23805) und «Geschnitten oder am Stück?» (rororo 23977).

Elke Heidenreich

«Mit oder ohne Knochen?»

Das Letzte von Else Stratmann

Rowohlt Taschenbuch Verlag

2. Auflage Dezember 2024
Veröffentlicht im Rowohlt Taschenbuch Verlag,
Rowohlt Verlag GmbH, Kirchenallee 19, 20099 Hamburg

Neuausgabe September 2005
Die Originalausgabe erschien im
Rowohlt Taschenbuch Verlag GmbH,
Reinbek bei Hamburg, Dezember 1986

Umschlaggestaltung any.way Cathrin Günther
(Umschlagabbildung: Bernd Pfarr)
Satz Proforma PostScript (InDesign)
bei Pinkuin Satz und Datentechnik, Berlin
Printed in Germany
ISBN 3-499-23997-3

Kontaktadresse nach EU-Produktsicherheitsverordnung:
produktsicherheit@rowohlt.de

Inhalt

Kunst und Krempel

Zahn und Zeit

Mord und Totschlach

An meine Kundschaft

Verehrte Kundschaft!
Dies is nu doch datt dritte Büchsken, un datt wird meinen Gatte nich passen, aber da musser durch, mir paßt auch vieles nich. Der Herr Rowohlt hat mich so nett gebeten, da habbich ehmt noch eins gemacht, Frau Stratmann, sachter, Deutschland braucht Sie! Un sowatt hört man ja gerne, nä. Un ich dachte, bei der Gelegenheit kann ich auch unsere verehrte Kundschaft gleich mitteilen, datt mein Gatte un ich unsere Metzgerei zum 1. 1. 1987 weitergeben am geschätzten Nachfolger.
Wir sind datt leid, immer Blut un kalte Hände.
Un gezz kann ich et ja sagen, auch wenn mir dafür de Kollegen anne Wäsche gehn: ich kann kein Fleisch mehr sehn! Gut, ab un zu, nä. Aber wattie Leute heutzutage Fleisch fressen, datt geht auf keine Kuhhaut, un datt kann nich gesund sein, weil ich weiß ja nu, watta alle drin is.
Nix gegen son lecker Kalbskotlett.
Aber kann mir ma einer erklären, warum datt Fleisch schneeweiß sein muß? Dafür lassense datt aame Kalb bloß im Dustern stehn un daafet sich nich bewegen, dattet ja nich durchblutet wird, gehnse weck. Bloß, weil de deutsche Hausfrau datt Kalbfleisch weiß will! Un da stehsse als Metzgersfrau un muß zu schweigen ... Habbich aber nich. Sie kenn mich ja, nä.
Wir ham datt Fleisch von ein Biobauer gekauft, wode Kälber mitte Mutter auffe Wiese rumspringen, da waret rosa, wollt keiner haben. Der Mensch is dusselich.

Schluß gezz, Willi geht auf Frührente, un ich werd mich mit meine Schwägerin auffem Maakt stellen, die hatten Stand mit Blum un Gemüse, datt liecht mir mehr un kann ich weiter mitte Kundschaft reden, un meine Klappe halt ich soweso nich, auch in Zukunft.
Un noch watt: watt glaum Sie, wieso bei uns Nacken dauernd im Sonderangebot wa?
Ja, wo kriegen de Tiere de ganzen Spritzen denn hin?
Na sehnse. So dösich sind Sie doch ga nich!
Nix für ungut.

Ihre
Else Stratmann
ehem. Metzgersgattin aus Wanne-Eickel
gezz bloß noch Gattin aus Wanne-Eickel.
Winter 1986

Welt und Wahn

Die Welt

Oft versteh ich se nich, de Welt. Früher konntich immer alles sofort erklären, aber datt läßt auch nach, Sie, seit einige Zeit binnich richtich mit mein Latein am Ende, un ich sach Ihn' eins: wenn Else Stratmann schon de Welt nich mehr versteht, dann doch SIE ers recht nich, da machense sich ma nix vor. Kuckense, dies Schernobill zum Beispiel, nä. Watt sollich da noch groß zu sagen? In zwanzich Jahre kippen wer alle wegen Krebs ausse Socken, un dann willet widder keiner gewesen sein, un der Strauß sacht, wir könn ja ganix dafür, wär ma widder tüpisch der Russe, un der machtatt auch bloß, damit wer hier de rotgrüne Koalition kriegen, un da wär dem Russe, so wie er den Russe kennt, un er würde den kennen, da wär dem aunnoch en zweites Schernobill recht.

Da muß man auch ersma drauf komm.

Humor hatter ja, der Mann, der Störfaktor, der GAU aus Bayern, der. Er waatet bloß noch, sachter, datt bei de Demos in Wackersdorf un Brockdorf, datta de Albanier mitmaschieren. Un der Verband vonne Kernkraftbefürworter sacht, also datt wär richtich furchba, watt mitties Thema gezz fürne Pollitisierung stattgefunden hätte – ja, Pech, nä, sonz wär Schernobill auffe Seite «Buntes aus alle Welt» erschienen.

Auch wegen den Kardinal Höffner versteh ich die Welt nich mehr. Der is plötzlich gegen Atom! Also, datt heißt, er is fürm ungeborenen Leben, datt warer als Kirche ja immer, nä, aber seit Schernobill weißer, dattie Strahlen datt ungeborene Leben schädigen, un datt daaf natürlich nich sein, un nu isser dagegen … ich seh schon, dattie CDU noch de treusten Wähler verliert, wenn der Höffner gezz auch bei Wackersdorf mitzieht, dann giltet nachher noch als Prozession un nich als Demonstration, untie Pollezei daaf nix machen, wär ja zu schön!

Bloß der Kohl sacht: nich aufregen, is alles in Ordnung. Der erinnert mich am deutschen Held Siechfried, der hatte ja in Drachenblut gebadet dammals un Hornhaut am ganzen Körper. Den Kohl könnze mitten im Reaktor stellen, der käm da heil raus, un gäbet auch keine Stelle, wo datt Lindenblatt hingefallen wär.

Unter Blüm mitte Trümmerfrauen – verstehn Sie datt? Auch son Punkt. Nimmter bloß die ab 1920, ja kann der Mann nich rechnen, wie alt dattie waren, wie 45 der Kriech aus wa? Unsere Mütter waren datt! Und die waren da vierzich un mehr! Aber so weit denkter nich, ich sach schon zu unser Omma, da hätter auch gleich sagen könn, Trümmerfrauen, da nehm wer alle von A bis M, un die von N bis Z müssen kucken, wose bleiben, Pech gehabt – datt wär genau so schlau un gerecht gewesen, ach, gehnse weck.

Ich versteh weder, von wem datt zweite Kind von Carreline is, datt erste könnt von den Vilas sein, den Tennisspieler, aber von wen datt zweite? Versteh ich nich, noch versteh ich, wieso wer gezz widder Milch trinken dürfen, wo die Kühe donnoch datt gleiche Gras mit Beckerel drin fressen, datt Zeuch bleibt doch 30 Jahre inne Erde un nich bloß bis nache Wahl von Niedersachsen, noch versteh ich, wieso der Wallmann Umweltminister wird, wo er vor en paa Jahre noch de Staatbahn West – ach, datt kann einem alles kein Mensch erklären.

Willi sacht: Else, für dich wär der Islam gut, da dürftesse nich lesen lernen un immer verschleiert un nich deine Nase überall reinstecken, eine wie du hätte et da besser, gezz sitzte da mit dein Verstand un kannz nix mit anfang.
Is watt dran.

Teufelsaustreibung

Da hat gezz dieser Tage in Italien ein Erzbischoff sechs neue Exorzisten ernannt – ernannt!

Sie wissen, watt ein Exorzist is, nä? Der muß mit Weihwasser un sowatt muß der den Teufel austreiben, wenner in ein Mensch drinsteckt. Also, wennse mich fragen, hätter da ja weltweit jede Menge zu tun, weil in jeden Mensch son Stücksken Teufel drinsteckt, außer in Papst, der is ja unfehlbar, aber sonz ... un da in diese italienische Stadt, wo dieser Erzbischoff zugange is, da scheint datt wohl jede Menge total vom Teufel Besessene zu geben, sonz würde der ja nich gleich sechs ...

Waatense, watt wa datt nomma fürne Stadt? Bestimmt tief unten in Süden, wose noch abergläubisch sind – ach nä! Nix! Oben in Norden, Turin wa datt, wose soviel Industrie ham un Autos un Aabeiter, datt is doch ne Malocherstadt, Turin, wie bei uns meinzwegen Bochum, nä.

Seit wann stecktenn inne Aabeiter der Teufel? Ham die doch gakeine Zeit für, so Sperenzkes ... vielleicht sindse inne Gewerkschaft unnen bißken zu links, un datt is dann fürm Erzbischoff gleich soviel wie Teufel, nuja, jedenfalls sachter, die alten Exorzisten, die se inne Gemeinde noch hätten von früher, die müßten aus Alters- un Gesundheitsgründe gezz aus ihr wichtiges Amt ausscheiden, un – Gesundheitsgründe? Wattenn für Gesundheitsgründe? Gott ja, immer mitten Teufel zugange, die Schwefeldämpfe un alles, datt kann ich mir schon denken, dattat nich so gesund is, un immer den schweren Weihwasserkessel schwenken un schreien: «Satan, Satan, heb dich weck» oder wattie da so bei sagen – ich weiß et nich, weil ich bin ja nich besessen, auch wenn manche Leute datt oft glauben – wo warich? Ach ja, Gesundheitsgründe. Is kla. Un Altersgründe – die mußten eimfach in Pension, weil, wennze datt bis 65 machs, jeden Tach Teufel austreiben, oppe Lust has oder nich, bei Wind un Wetter raus un anne Aabeit mitten Satan, da bisse dann auch froh, wennze auf Rente gehn kannz.

Un deshalb mußte der Erzbischoff neue Teufelsaustreiber ernennen, wennet in Turin nu schomma so nötich is, un gleich sechs Stück, un – gezz haltense sich aber fest! – die sind alle zwischen 50 un 70 Jahre alt! Ja warum holter sich denn da nich knackige Junge? Et gibtoch so viele, die genau wissen, wo et langgeht ... wenn der Austreiber schon 70 is, ja, da schwingtoch son Teufel sein Ferdefuß un lacht sich ein!

Wodran erkennt man datt eintlich, wenn nu einer von son Teufel besessen is? Der Erzbischoff sacht, wenn jemand Stecknadeln un Nägel kotzt, datt wär nich normal, da hättann schomma Satan seine Schwefelfoten drin, oder Glasscherben, is aunnich normal. Oder wenn einer plötzlich fremde Sprachen spricht – datt kann natürlich von ein Kursus inne Volkshochschule komm, kann aber auch Lutzifer sein, nä. Aber Glasscherben un auf einma fremde Sprachen, da wär der Fall schon klar un müßte der Austreiber ran.

Jaja, die Kirche, nä. Immer widder neue Ideen, oder eintlich eher alte.

Der Papst hat auch so Schulden, hamse gelesen? 120 Millionen, heißtet, hätte der päpstliche Stuhl Schulden, weil er zuviel am reisen is, un gezz soll de gläubige Christenheit ihm

öfter ma, wenner so unterwechs is, ne Spende zukomm lassen.
Soller domma nach Turin reisen. Wenn der Papst persönlich kommt unten Satan eins drübberzieht, dann is gleich Ruhe, da könntense sich datt Gehalt von sechs staatl. gepr. Exorzisten spaan un im Wattikan seine Kasse tun.

Diktatoren

Gezz ham wer doch schon ne ganze Menge so abgedankte Regierungsfritzen, die kein Mensch will, der Maacos vonne Fillippinen, nä, der in Amerika rumsitzt, un se wolln en eintlich nich, dann den klein Fetten, wie heißter nomma? Bäbi, nä, Bäbi Doc von Haiti mit sein ganzen Hofstaat untie diamantenschwere Olle, dann der Bokassa, der lungert seit Jahre in Frankreich rum un kann de Heizölrechnung nich zahlen, un alle wärnse die gerne los un wissen aber nich wohin mitse, un da dacht ich gezz so:

Wir ham doch hier in Deutschland immer so praktisch dies Niemandsland rumzuliegen, zwischen de Bundesreppeblik unte Ostzone, da gibtet doch son breiten Streifen mit nix, gehört *uns* nich un *denen* nich. Früher waan da so Minen drin un Schußanlagen, aber datt soll ja angeblich alle weggeräumt sein, un falls doch nomma eine rumliecht – ja, mein Gott, datt Leben is überall gefährlich, en bißken Risiko muß sein, un so Diktatoren, die wissen datt auch. Also, da könnt man die doch alle schön reintun un verteilen, Hütten bauen, un dann den Bäbi Doc mit seine Mischelle mehr runter nachen Süden, die sind ja wärmeres Klima gewöhnt, nä – also so Richtung Hof, bayerische Grenze, wenn dann die Magret Thätscher ma kommt, wennse wirklich keiner mehr will; die kann ja mehr im Norden, un eines Tages wird Persien auch überlegen, wohin gezz mitten Ayatollah, ja, da wär doch son Niemandsland praktisch, oder? Südafrika sein Botha könnte da rein, wenner ma Angst kricht vor de Neger, könnt man se soga schützen un hättese trotzdem nich auffen Hals, Schile sein Pinoschet, un wer ehmt noch so alle in Regierungen rumlungert, wo er eintlich nich hingehört – alle fix ab im Niemandsland, wernse schön bewacht von Ost un West, ham immer nett Flutlich für zum Lesen, un Paläste wie in Haiti und Manila, ja, die gibtet dann ehmt nich mehr, nä! Besser wie de Aamen in ihre Länder wärnse immer noch dran, keine Folter un nix, sollnse ma noch froh sein. Untie Grenzen in Ost un West schön zu, dattse nich rauskönn un nix mehr anstellen, et reicht grade – un erledicht wär der Fall.

Un auch bei uns hier, nä – sein wer ma ehrlich –, et wird immer widder welche geben, die sich irgenzwann in ihr Heimatdorf nich mehr sehen lassen können, wennse alles in Grund un Boden regiert ham, ja, da wär son Niemandsland ohne Zeitung un neugierige Reporter für ne Weile domma DIE Lösung.

Bundeswehrhandschuhe

Ja, gezz ham wer den Salat, nä.
Da ham wer ne Bundeswehr mit watt weiß ich wieviel tausend Mann rumzustehen, un watt is, wennet dann Kriech gibt?
Nix.
Also, jedenfalls, wennet im Winter Kriech gibt. Im Sommer könnse schießen auffem Feind, der da grade über de Grenze will, wahscheinz meist der Russe, nä, hamse ja Schiß vor. Aber im Winter kann der ungehindert einmaschiern mit seine rote Faust, passiert nix, unsere Bundeswehr liecht im Schnee rum un fällt kein Schuß, geht ganich. Wegen diesen neuen Überhandschuh.
Da war doch letztes Jah der kalte Winter, nä, un da gabet inne Bundeswehr massenhaft Erfrierungen anne Foten, wegen zu kalte Finger bei Nachtwache mit Gewehr präsentieren, die sind ja heute alle nich mehr so kruppgestählt wiede Wehrmacht dammals, nä, gleich vonne Disco weck nachen Barras, datt sind empfindliche Jüngelchen, die da datt Vaterland am verteidigen sind.
Nu waanse alle erkältet un hatten klamme Finger, un da hat der Wörner ein «Sonderbeauftrachten Bekleidung» ernannt, extra für neue Handschuhe. Der hatte nix anderes zu tun, als wie den Sommer durch zu überlegen, watt man machen kann, dattie Soldaten waame Hände ham. Handschuhe hattense ja schon, aus Leder mit 5 Finger, wa aber wohl nich waam genuch, un da hat der Sonderbeauftrachte gezz datt verbesserte Modell B entwickelt, Winterüberhand-

schuh für Kampftruppen mit Oberstoff 65 % Polyester un 35 % Baumwolle, mit 41 cm Folien-Insert un Plüschfutter aus Acrüll-Wirkplüsch, Faabe Steingrauoliv, drei Größen, 8, 9 und 10, Stückpreis 35 Maak.

Hoffentlich durftich datt gezz sagen un is kein Landesverrat oder Spionasche fürm Feind oder watt, aber ich mein, watt hatter Russe andrerseits schon groß davon, wenner weiß, watt unsere Soldaten für Futter inne Handschuhe ham, nix, nä – obwohl ... in diesen Fall könntatt soga heikel werden, passense obacht:

Dieser Überhandschuh, nä, der hattat Zertifikat «Truppenverwendbakeit» gekricht, muß ja immer alles geprüft un genehmicht werden, wo sind wer denn, deutsch un gründlich, also: Zertifikat Truppenverwendbakeit, so. Un dann wurder hergestellt un 100 000 Stück am Soldat ausgeliefert, ersma nur fürde Wachmannschaften nachts draußen.

So, un gezz kommtat dicke Ende:

Mitten neuen Handschuh könn die nich schießen.

Da kannze kein Finger drin krumm machen fürm Abzuch vonne Gewehre. Wenn gezz zum Beispiel nachts einer vorde Kaserne rumschleicht, dann brauchen die ganich mehr groß schreien: «Halt, oder ich schieß!» Nein! Hat ja ga kein Sinn, die schreien: «Halt, oder ich zieh den Handschuh aus!», weil, dadrunter hamse den alten Lederhandschuh mit 5 Finger an, da könnse mit schießen, aber datt dauert. Un damitter Soldat datt auch rechtzeitich merkt, dattet mitten Überhandschuh nich geht, gibtet ne neue Dienstanweisung von unser Verteidigungsministerium, die sind ja immer rührich, un da steht drin:

«Müssen bei tiefe Temperaturen Waffen oder Gerät bedient

oder muß geschossen werden, nä, dann is» – gezz kommtet! – «dann is der Oberhandschuh auszuziehen.
Den kurzzeitigen Kälteschutz übernimmt in diesen Fall ausreichend der 5-Finger-Lederhandschuh, mit den Waffen un Gerät bedient werden könn.»
Also, bis da hunderttausend Mann den Überhandschuh ausgezogen ham, stehter Russe schon auffen Drachenfels. Ich möcht ma wissen, wie der Russe dat Problem regelt, in Rußland isset doch ewich kalt un noch kälter wie hier, die werden doch auch waame Überhandschuhe ham un könn trotzdem schießen ... Wir ham doch sonz soviel Spione für alles, warum kricht datt nich ma einer raus?
Andrerseits ... ich denk schon so, se reden ja soviel alle von Abrüstung, un man müßte gezz den guten Wille zeigen – vielleicht is datt ja Deutschland sein Friedensbeitrach: Handschuhe, wo de Soldaten nich mit schießen können? Hättich den Wörner ganich zugetraut, sowatt Schlaues.

Kremmelfrauen

Wir ham ja dammals schon gestaunt, nä, wie der Gorbatschoff seine Olle mitgenomm hat nach Paris, die lassen de Frauen doch sonz immer zu Hause in diesen Kremmel da. Un die durfte nu auf einma mit un wa auch sofort ganz schick, nä, son zimtfaabenes Kleid mit Streifen drin un goldene Strümpfe, datt wa letztes Jah Oktober, ich sach noch zu Willi, kumma, sarich, goldener Oktober, un da heißtet immer, in Rußland gibtet nix, so Strümpfe musse soga in Wanne-Eickel nach suchen!

Un gezz durfte dem Mitterang seine Frau auch mit nach Moskau, Klamottenvergleich, un da passiertatt Wunder, auf einma holense alle ihre Gattin ausse Versenkung!

All die ollen Kerle von diesen Obersten Sowjett da, ausset Pollitbüro, wo immer nur Oppas rumsitzen mit meterlange Bärte un sechs Killo Held-der-Aabeit-Orden auffe Brust, un immer habbich gedacht: Ob die auch ne Frau ham oder bloß ne Paatei? Un gezz aufeinma hat jeder da ne Gattin vorzuzeigen un bringtse schon am Fluchhafen mit hin, datt hattet früher nich gegehm: Donnerwetter, alles wegen diese Raissa Gorbatschoff; die führta en neuen Ton ein un sacht, wenn wer schon Kommenismus ham, nä, de Menschen alle gleich, nä, dann wenichstens nich immer nur Brüder, dann wolln wer aumma Schwestern sehn, nu holt ma Mutter vonne Datscha, kauftse en schönes Kostüm in HO-Laden un her damit, wenn de Frau Mitterang kommt, un so waret auch.

Da is einem datt große russische Reich auch gleich nich so

unheimlich, nä. Du siehs ja da sonz immer nur Kerle, un auf einma hamse Frauen un wahrscheinz auch Kinder, un datt muß ja auch watt mit Liebe zu tun ham, ja ich bitte Sie! Datt is doch alle schön, warum zeigense uns datt nich schon längst ma? Hamse wohl nie Zeit für gehabt, weilse immer mitte Weltrevelution zugange sind, nä, obwohl ... aunnimmehr so wie früher, hörnse ma. Im Moment sinte Amerikaner mehr am einmarschieren für zum Seelen retten wie de Russen, brauch ich bloß nach Südamerika hinkucken ...
Wie datt Festessen dann ahms da in Kremmel wa, hamsich de Frau Mitterang unte Frau Gorbatschoff begrüßt, beide ganz in Rot – ob Rot da Flicht is? Ach Quatsch, die essen ja schließlich datt Kotlett aunnich mit Hammer un Sichel, nich übertreiben, sarich immer, nä.
Der Mitterang ihr Rot ging auch mehr so im Lilla, unter Gorbatschoff ihr Rot wa richtich rot, wohl ausne Fahne gemacht, hamse ja genuch von, un Stoff is ja sonz eher knapp in Rußland, un trotzdem: Sie sieht immer ellegant aus, mehr wie die Nänzi, die doch nu in ganz Amerika einkaufen kann, aber watt willze machen, wenn eine kein Geschmack hat, *der* steht nix.
Mich intressiern de Kleider immer, aber Willi sacht, Else, fall da nich drauf rein. Denk an Schernobill untie Atombomben un datt russische Heer un watt nich alles, die stelln bloß vorne de Frauen neuerdings hin für zum Ablenken vonne Weltgeschichte un wie versiebt die is.
Aber ich laß mich da nicht ablenken von. Höchstens ma für zehn Minuten, un datt muß auch sein, sonz krichich noch son verbiesterten Zuch ummen Mund wie die, die sich von morgens sechs bis Mitternacht am Engaschieren sind.

Autowahn

Dattie Männer se noch alle auffem Kasten ham, kann mir langsam kein Mensch mehr erzählen. Wissense noch, vorn paa Jahre? Da hiesset: Schluß mitten Autowahn, de Autos sind zu teuer, zu schnell, et gibt zuviel Unfälle, de Luft is verpestet, krisse Krebs von, un der Wald geht inne Binsen, un der Kölner Dom is ab am bröckeln, de Scheiche treiben datt Benzin inne Höhe, gezz wirt gespaat, gezz fahn wer umweltfreundlich mitte Straßenbahn, datt Auto lassen wer inne Garage, un überhaupt, entweder fahn wer Farrad oder bloß noch so ganz kleine Wägelkes, die nix verbrauchen un in jeden Paakplatz passen. Un gezz? Watt is? Schlagense ma de Zeitung auf.

Jede dritte Seite is ne Autoreklame. Kaum is datt Benzin widder billich, machense seitenlang Motorbeilagen, rund ummen Kraftwagen, ich un mein PeKaWe, Autojournal, datt große bunte Autolexikon un wiese nich alle heißen, de Sonderhefte un Sonderbeilagen, zahlsse 3,50 Maak firne Illustrierte, un watt krisse? Autoreklame. Un schon preisense widder Kisten an, wosse 200 mit faahn kannz, ja, wo denn? Auf unsre Autobahn? Un der Wald kuckt ma widder inne Röhre? Un die Regierung lacht sich ein, weil der dusselige Bürger widder fleißich konsumiert, kaum dattie Scheiche datt Benzin gütichst billiger machen, sehter, sachtse, geht widder aufwärts mitte Wirtschaft, seit wir am regieren sind. ja, warum wohl.

Un zu Hause verblöden uns de Männer un sitzen inne Küche, un Willi sacht zu Otto, Otto, kumma, der GT 16 V, der hat Frontantrieb un 4 Zilinder un 129 PS, datt wär doch watt, un Otto sacht: watt machter denn Spitze? Un Willi sacht: 200! Un Otto sacht, watt, dafür kannich auch zu Fuß gehn, wann isser denn auf 100? 8,6 Sekunden, sacht Willi, un Otto feift durche Zähne un sacht, Mannomann, datt is nich von schlechte Eltern, da kommze anne Ampel schön fix weck, untie andern kucken dösich hinterher, watt kostie Karre? Billich, sacht Willi, bloß 28 fünnef.

Un ich steh am Herd un denk, ich hör nich recht, seid ihr verrückt, sarich, denkter nich anne 40 000 Toten vonne Verkehrsunfälle? Sicher, sacht Otto, aber Else, ehrlich, hättse lieber 40 000 Aabeitslose?

Dann kommt unser Inge un bringt aunnoch son Tüp mit, der bloß dadrübber redet, ob der GLI Hardtop besser wär oder der GLI Liftbäck, ich sach, ach, sonz hasse nix im Kopp? Mamma, sacht unser Inge, stell dir vor, der Kalleinz, nä, datt is der mitten grün 309 GR Injektschen, 104 PS, 7,3 Super Verbrauch, der vorher den LS 2,3 D hatte, der bloß 160 fuhr un 20 Sekunden brauchte, bisser ma auf 100 wa, der kennt ein, dem sein Onkel sein Bruder hatten Sohn, der hat nich ma den Führerschein un will auch kein machen, kannze dir sowatt überhaupt vorstellen?

Vorstellen nich, sarich, aber allmählich träum ich von so ein, datt so einer ma bei mir inne Küche sitzt un kein Wort sacht über Autos, aber der machtann wahscheinz den Mund auf un sacht, Frau Stratmann, hamse denn dem Becker sein Teibräk innen 3. Satz gesehen? Un dann dreh ich auch durch, weil, datt is nemmich nache Autos de zweite schwere Krankheit, wose alle von befallen sind, gleich nachen Autobazillus kommter Tennisbazillus – ich sach ja: alle nich mehr normal, die Kerle.

GAU und Lotto

Also mir gehter Kerl mitten großen Lottogewinn eimfach nich aussem Kopp, Sie – watt sarich, mitten großen Lottogewinn – mit DREI Milliongewinne! Da spielter Lotto un gewinnt 1978 fast zwei Million, gut, soller, einer muß gewinn, sachter Kulenkampf ja auch immer, ich versteh zwa nich, wieso datt immer die andern sind un nie ich, aber gut, dafür is Lotto da, datt einer gewinnt. Fast 2 Million. Hatter sich en Böngalo gekauft für de Familie, nä, Frau un drei Kinder, datt wa ja ein Lehrer, aus Niedersachsen, schöne Reise gemacht, den Rest auffe hohe Kante.

Un im Februar dies Jah gewinnter nomma sechs Richtige, un diesmal 2½ Million! Ja da frach ich Sie doch, wo bleibtenn da de Gerechtigkeit, hä? Andere Leute wolln doch aumma Geld sehen, un unser Omma hat in vierzehn Jahre zweima drei Richtige, un der zweima sechs! Un dann frach ich Sie, watt sintatt denn für Menschen, die schomma fast 2 Million gewonn ham, un statt dattse Ruhe geben, spielense WEITER!! Manche Leute kriegen doch wahhaftich den Hals nich voll, unsereins kann am Schicksal flehen, soviel er will, nix, datt Frollein Schicksal stellt sich taub, un son Kerl gewinnt nomma 2 Million un kauft sich ne Segeljacht. Watt brauchter ne Segeljacht, ich hättatt Geld viel nötiger brauchen könn, aber nein, ne Segeljacht. Hat weiter geabeitet, als Millionär, jeden Tach freiwillich Lehrer un – gezz haltense sich fest – hat jede Woche weiter Lotto gespielt, un dann vorge Woche –

3½ Million.

Man faßt datt nich.
MAN FASST ES NICHT!
Da hörtet auf, jedenfalls bei mir.
Un Sie denken gezz, ich wär neidisch, nä. Gut, kann sein, vielleicht binnich en bißken neidisch un denk: watt hatter, watt ich nich hab? Aber datt könn wer ja nu soweso nich klären, un außerdem, nä, Sie kenn mich ja als Optemist, da sarich mir, vielleicht hab ICH auch watt, watt DER nich hat, trotz seine vielen Kröten gezz.
Aber watt mich beunruhicht anne ganze Geschichte, datt is – kuckense, *einmal* 6 Richtige is schon unwahrscheinlich, nä, ich glaub 1 zu 14 Millionen oder sowatt. Aber *zweima 6* Richtige – also datt is schonnen Wunder, ne halbe Stecknadel in hundert Heuhaufen.
Dreima 6 Richtige – nä, datt is nache Statistik ausgeschlossen. KANN praktisch ganich vorkomm, unmöchlich.
Is aber vorgekomm.
Erinnert Sie datt an watt?
Ein Störfall in ein Atomkraftwerk, gut, kann passieren, ham wer aber sofort im Griff.
Sowatt wie Schernobill – absolute Ausnahme un auch bloß, weilet die Russen waren, kann bei uns praktisch nich vorkomm.
Der Super-GAU, nä, größter angenommener Superunfall – is praktisch völlich ausgeschlossen, höchstens in Million Jahre un auch dannich, also datten ganzes Kraftwerk ma inne Luft fliecht, un du kannste Petersilie fürde nächsten 300 Jahre vergessen – nä, is so ausgeschlossen wie – wie – haha, wie dreima 6 Richtige im Lotto.
Is nich möchlich!
Die Statistik lacht sich gezz eins, glaumse?

Ratten

Hörnse ma, datt sieht ja nu wirklich so aus, als hätten wer mitten Hunger inne Welt bald keine Probleme mehr! Is ja doch doll, watt Menschenhand so alle forscht, sarich immer zu Willi, die finden gegen alles watt, un wenn wer lang genuch waaten, kriegense vielleicht soga ma den Neilongstrumpf hin, der drei Tage hält, oder datt Klosettpapier, watt ma anne richtige Stelle reißt.
Bloß mitten Hunger inne Welt, datt wa bisher immer so schwierich. Hier bei uns wernse alle immer dicker, Kohl gezz schon dreima im Jah zum Abspecken, un Bangemann un Kiechle sind auch bald am platzen, un ich brauch de Leberwurst bloß von weitem ankucken, schwupp, habbich en Killo mehr auffe Rippen. Un Tomaten, Milch un Appel schmeißen wer auffe Straße, weil wer zuviel davon ham, un in Afrika sindse so dünn, datte am liebsten de Tomaten zu Fuß hintragen würdes, un ich frach mich oft, wieso datt möchlich is, Cocacoladosen auffem Mond fliegen, aber nix zu essen nache Wüste, da *will* doch irgenzwer nich.
Anne Grenzen machte Wirtschaft eimfach halt, bis hierher Appel un Milch un kein Schritt weiter, un statt dessen sind wer inne ganze Welt Geld für Afrika am sammeln, als obse Geld nu groß essen können, da daafze nich drübber nachdenken, wirsse verrückt von. Un gezz sachtie Zeitung, damit wär nu Schluß, sie hätten da watt erfunden – also, ich krich da ne Gänsehaut, aber passense auf: also; da hamse ne Ratte gezüchtet, die heißt Rohr-Ratte, weilse scheinz in Rohre gut vorankommt oder watt weiß ich, untie Rohr-

Ratte, die frißt bloß Mist, allet, watt so übrichbleibt un auffe Straße rumliecht, da wird die groß un fett von un hat tüchtich Eiweiß auffe Rippen, un datt fehlt ja inne aamen Länder am meisten. Untie Entwicklungshelfer sagen, beide Einheimischen wär de Ratte schon sehr beliebt, käm domma Fleisch auffem Tisch, un auffe Märkte verkaufense se schon für zum Kochen un Grillen un se wär soga schon SO lecker, dattse für de ganz aam Leute schon zu teuer wär, wär aber fürm Kleinbauer leicht zu züchten als Nebenverdienst ...

Ja.

Ratten.

Hauptsache, satt, nä.

Obwohl ...

Verdammt un zugenäht! Istattenn die Möchlichkeit? Leben wer auffe zivilisierte Welt oder watt? Statt dattset anders verteilen, züchten se de Aamen ne Ratte un sagen, freß *die* doch?

Wo kann ich datt hinschreim, wie empört ich dadrübber bin? DEN Brief anne richtige Adresse kriegen, ich glaub, datt is noch schwerer wie Tomaten nach Afrika.

Der Japaner

Der Japaner is ja en komisches Volk, irgenzwie ...
Dabei ham die doch die schöne Kirschblüte untie netten Kleinwagen untie vielen Fotoapparate! Un ist Ihn schomma aufgefalln, datter Japaner die ganze Zeit fottegrafiert, un du siehs nie, datter man Film nachlecht? Nie! Willi sacht, der fottegrafiert wahscheinz mit seine klein Schlitzaugen, die sind so konstruiert, datt nich zuviel Licht reinfällt, kanner de Beleuchtung oder Belichtung oder wie datt heißt gut regeln, un dann knips! Un ahms trinktern halben Litter Entwickler un ziehten fertigen Film hinten raus, wir verstehn uns, nä. Ich sach, du ollen Döskopp, du muss dich grade überm Japaner lustich machen, wo die immer so höflich sind, da könnze dir leicht ma ne Scheibe von abschneiden.
Übrigens habbich noch nie bloß EIN Japaner gesehn, die gibtet immer nur als Gruppe, drei istatt wenichste, un sehn alle gleich aus. Aber unser Inge sacht, datt wär widder son Vorurteil, weil, fürm Japaner sähen wir nemmich auch alle gleich aus, warich noch ganz empört un hab gesacht, wer hat gezz die Vorurteile, wir oder die? Seh ich etwa aus wie Hannelore Kohl? Ich hab nix gegen Hannelore Kohl, aber ich seh aus wie ich, un wenn der Japaner datt nich merkt, soller bleim, wo der Feffer wächst – oder de Lotusblüte, Feffer ham die da ja wohl nich.
Un gezz kuckense sonne Gruppe Japaner domma an, ohne Vorurteile, als Mensch, und da zeigense mir ein einzigen Japaner mit blaue Augen oder rote Haare oder über 1,65 Me-

ter – also wenn Boris Becker da gezz käm, käm da vielleicht einer auffe Idee, datt wären Japaner? Bitte sehr! Gut, höflich sindse immer, immer freundlich, heißt ja auch Land des Lächelns, un dann die ganze Teekultur da un Blumenstecken un watt nich alle, aber da kannnich mir leztlich aunnix für kaufen, wenn ich nie weiß, wattse meinen mit ihren asiatischen Gleichmut. Bei mir muß datt ja immer alle fixer gehn, wenn ich morgens bein Frühstück mitte Teezeremonie zugange wär, ach du lieber Gott ...

Wußten Sie, datter Japaner viel länger Kaiser hatte wie wir? Aber feste! Zweienhalbtausend Jahre, ein Kaiser nachen andern, gezz hamse immer noch den Hirohito, der is uralt un aunnimmehr Kaiser, wegen de Demmekratie, aber dem seine Familie gibtet noch, un mehr wie zweitausend Jahre kein Skandal un nix, nie ma sowatt wie Änne von England oder Paola von Belgien oder Beatrix seine Schwester, die watt mit einen vonne Marine hatte, wose schon längst verheiratet war – wär in Japan undenkba, die sitzen mit weiße Socken unte Lotusblüte inne Haare auffe Bambusmatte un denken überm Frühling nach, so isset.

Ach doch, gezz fälltet mir ein, zweima hattense wohl en Skandal an ihren Kaiserhof: die Prinzessin Michiko, nä, datt is dem Hirohito seine Schwiegertochter, die Gattin von diesen Akihito, die heißen ja immer alle mit hi und ko un kawasaki hinten, also diese Michiko, die soll an den Hof dammals, wie et nochen Hof gab, soll die einma Handschuhe angehabt ham, die nich bis am Ellenbogen raufgingen, ja, da wa aber watt los inne Paläste! Datt schickt sich nemmich nich, so streng sinta die Sitten, un wennsen Mann gewesen wär, hättese sich wahscheinz datt Küchenmesser im Bauch bohren müssen, machen die ja da dann.

Un einma, vor mehr als zwanzich Jahre, soll dem Akihito sein Bruder, datt is der Prinz Joshi, soll der inne Bibel gelesen ham, also in unsern Jesus seine Bibel, wo die doch gakein Jesus ham in Japan, die ham ganz andere Götter, un da istie Bibel regelrecht verboten, un datt wa da schon wer weiß watt fürm Skandal, also für Carreline von Monakko wär datt kein Land, Japan! Un datt Schönste kommt gezz, da is aber datt Ende von weck – der kleine Hiro, nä, datt is der Sohn von Akihito un Michiko mitte lockeren Handschuhe, da hattert her, der soll sich verliebt ham in diese Bruke Schields, dies Fotomodell aus Amerika, die schomma watt mit Julio Iglesias hatte, gezz sind Sie aber dran. Un er hatse in Amerika besucht, der Hiro, un hamse drei Stunden geredet, unter Aufsicht von ein Professor natürlich, un dann hatter se seine Adresse gegehm, dattse ihm ma schreibt.
Ich mein, ich seh et schon.
Aber wennse schreibt, halt ich Se auffen laufenden.
Endlich ma watt anderes wie immer nur Silvia un Diana!
Un endlich aus Japan ma watt Romantisches un nich immer nur praktische Kleinwagen.
(Für Urs Widmer)

Herz und Heim

Weihnachtsbaum

Sollich gezz dies Jah en Weihnachtsbaum kaufen oder nich? Wenn ich kein kauf, sacht unser Omma, watt is dattenn, datt soll Weihnachten sein, nich ma en Krissbaum? Un wenn ich ein kauf, sacht unser Inge: meine Zeit, da ham wer Waldsterben, un überall gehn de Bäume kaputt, un ausgerechnet unser Mutter geht los un kauft aunnochen Krissbaum, da hätten et en paar Zweige ja wohl auch getan. Un wenn ich Zweige hol, sacht Willi, Else, wo hasse die Zweige her, doch wohl nich aussen Laden un aunnoch Geld für bezahlt, wo der ganze Wald voll von mit liecht – also, wie ich et mach, et is soweso falsch.

Andrerseits, ich mein, gut, nä, Waldsterben. Aber der Baum, den ich da kauf, der wird ja nu nich wegen MIR, Else Stratmann, ers extra abgesächt, der is ja schon auffen Maaktplatz annen Stand, der is soweso ab. Einerseits. Aber andrerseits – wennse alle so denken, dann gehtatt immer so weiter, un ers wenn wer de Händler auffe Krissbäume sitzenließen, tätense nächst Jah velleicht keine mehr abschneiden oder weniger, wär doch schon watt. Andrerseits.

Aber wenn ich mir dann ankuck, wattse fürde Staatbahn West un für Wackersdorf un für noch mehr Autobahn alles am roden sind, zack, Million Bäume weck fürn Kraftwerk, watt keiner will, oder inne Falz, wo de Amerikaner ihrn Abenteuerspielplatz mitte Raketen ham, schwuppdiwupp, nomma fix 100000 Bäume ab, wennet reicht, un nomma ein Streifen von 40 Meter roden für zum Sicherheitszaun nach hinbauen, dattie Demonstranten nich näher dran könn, wennse erstma richtich am roden fangen, ja gezz sind Sie dran!

Un ich sitz in Wanne-Eickel un zerbrech mir den Schädel, wo wer dran singen «Am Weihnachtsbaume de Lichter brennen», wenn wer kein Weihnachtsbaume ham, weil wer de Natur schützen wolln, un da säbelnse de Bäume kilometerweise ab, un hinterher sagense, huch, wir ham uns vertan, datt Kraftwerk hätten wer ja ganich mehr gebraucht.

Un kannze nich ma gegen streiken, tragense dich weck un musse Strafe zahlen – ganz schön am durchgreifen, der Staat. Also, Willi, Inge, unser Omma und ich, wir faahn Weihnachten nach Wackersdorf, da stehn jede Menge Tannen rum, die soweso umgesächt werden, da suchen wer uns eine aus, häng datt Lametta untie Kerzen dran untie Kugeln, un dann singen wer «Am Weihnachtsbaume de Lichter brennen», un wenn uns de Pollezei dann wecktrncht, hamwert doch wenichstens vorher festlich gehabt, un wennse den Baum dann fällen, sind wir nich dran schuld.

Biorüttmus

Neulich hattich mit Willi ma widder Knies, aber fragense mich gezz nich, warum – da gab ein Wort datt andere, un aus waret mitten friedlichen Feierahmt, nä. Meist is mir sowatt egal, musset ja, wo käm ich sonz hin, datt is ehmt Ehealltach, nä. Aber manchma krichich ja doch datt aame Dier un sitz inne Küche un heul mirn Stücksken. Kennse datt auch, datter Tach manchma schon gelaufen is, eh datter überhaupt angefang hat? Sehnse, un an so Tage, wo morgens schon alles zu spät is, da gibtet ehmt ahms auch Knies, da kann ich hundertma wissen, datter Mann überall seine Plörren hinschmeißt, wo er geht un steht, an son Ahmt kannich den Mund nich halten, un dann gehter hoch, un der Rest is alles andere wie Schweigen, nä.

Ja. Un dann sitzich mit rote Augen wie gesacht inne Küche, trink mirn Täßken Kaffee un les auch schomma Illustrierte, weil datt Elend von Prinzessin Carreline tröstet mich dann immer. Aber diesma stand watt ganz anderes inne Zeitung, watt mich getröstet hat, passense auf, könnse vielleicht aumma brauchen:

Et liecht alles an diesen Biorüttmus. Alles. Ob Willi un ich uns zanken, wie der Kohl regiert, ob der Herr Burda, der doch sonz nich auffem Kopp gefallen is, an ein schwachen Tach ausgerechnet den fiesen Boenisch widder einstellt, datter seine gehässigen Atikkel bei ihn inne Zeitung schreibt, wie vor zwanzich Jahre inne Bildzeitung, gibt ja welche, die nie watt dazulernen, also, all datt, nä, liecht einzich un

allein an diesen Biorüttmus. Un wenn DER nich stimmt, kannze den Rest vergessen. Da gibtet nemmich so Kurven drin, un wenn da Leute zusammkomm, wo de Kurven nich passen, dann gute Nacht, Marie. So isset ja bei Willi un mir nich, nä, manchma vertragen wer uns ja auch, aber dann geht seine Kurve plötzlich mehr im Geistigen un meine so mehr im Gefühl, verstehnse, un dann ham wer den Salat schon widder – obwohl, wo dem seine Kurve ausgerechnet im Geistigen ... na ja, flöt, jedenfalls, der Dockter, der datt in diese Illustrierte aussenanderverkasematuckelt hat mitten Biorüttmus, der sacht, jeder Mensch hätte von Geburt an sein persönlichen eigenen Privatrüttmus, nä. So.
Un da gibtet nu Plus- und Minus-Tage, datt geht von himmelhoch jauchzend bis runter nach zu Tode betrübt, un zwa immer in ein Bereich vonnen Geist, ein vonne Seele un ein von Körper, un die sind alle verschieden, un da müssen wer gezz durch. Un gezz gibtet die Möchlichkeit, datt bei ein Paa immer alle Kurven gleich sind, is aber selten – waatense, ich überlech grade, ob mir kein Beispiel einfällt ... Nänzi un Ronald Dingens vielleicht, immer beide gleich feste am Strahlen, die könnten de gleichen Kurven ham, oder et gibt welche, da stimmt nix, Anne un ihren Gatte, in England da. Datt weisse aber am Anfang nich, nä, da bisse noch verliebt un denks nich anne Kurven, jedenfalls nich an die. Un dann gibtet Leute, da passen de Kurven irgenzwie, aber nich immer, un an bestimmte Tage gehnse aussenander, dem einen seine rauf, dem andern seine runter, un dann gibtet Funken, un so isset bei Willi un mir. Hamse datt gezz verstanden?
Wo ich datt gezz weiß, geh ich den Alten an so Tage ehmt aussen Wech, aber dazu muß ich ja ersma wissen: Watt

habbich denn überhaupt fürn Biorüttmus? Un datt kann man nu widder ausrechnen, passense auf:
Sie müssen von Ihre Geburt an de Tage zählen ... aber passense auf, dattse de Schaltjahre mitrechnen, von 1900 an wa nemmich jedes 4. Jah en Schaltjah, also sagen wer gezz ma, 1929, wennse geboren sind, nä, dann rechnense 365 Tage für 1900 un 365 für 1901 und 365 für 1902 un 365 für 1903, un für 1904 müssense dann ein Tach weniger – oder nä, ein Tach mehr? Weiß ich gezz ganich ... is auch egal, datt müssense soweso selber rechnen, je nachdem, wannse ehmt geboren sind, nä, müssense de Tage ausrechnen, un die müssense dann fürde körperliche Kurve durch 23 teilen un für de Gefühlskurve durch 28 und fürm Geistigen durch 33, un dann könnse genau ausrechnen, wann –
Nä, waatense ma ... Gott, watt is datt alle verzwickt, nehmwer gezz ma an, an 15. Tach in Monat sindse mehr so gefühlsbetont, dann kriegense am 18. datt Tief un könn am ... ach Kokkelores! Leckt mich doch inne Täsch mitte Biokurve! Als ob datt an irgenzwelche Kurven liecht, wenn Willi un ich uns anne Wäsche gehen! Datt liecht einzich un allein dadran, datt er de Plörren inne Bude rumschmeißt un nix weckräumt, un datt ich da den Mund nich drübber halten kann, dadran liecht datt un an kein Rüttmus un nix. Un genauso isset mitte Regierung auch. Von wegen: Biorüttmus. Wo nix is, is nix.

Kein Verständnis mehr!

Gezz bin ich et aber wirklich ma leid, Sie.
Neulich will ich ma widder nach unser Omma hinfaahn, nä – nich die eine Omma, die hier wohnt, die andere, die datt Wasser inne Beine hat un nich mehr so gut rumkommt, da fahr ich dann schon abbenzu ma nach hin un sach, na, Omma, wie isset? Un dann sacht sie, Gott, Else, wie sollet sein, un watt man so redet, nä. Man muß sich ja kümmern, tut ja sonz keiner – wo warich?
Ahja, auffen Bahnsteich warich, am waaten, un der Zuch kommt un kommt nich, un auf einma kommtne Durchsage: Der Zuch von Dingens nach Lüdenscheid über watt weiß ich nich alles hat voraussichtlich zwanzich Minuten Verspätung wegen ein Schaden anne elektrische Oberleitung, wir bitten um Ihr Verständnis.
Ich denk, ich hör nich recht! Gut, datten Zuch schomma Verspätung hat, willich in Gottes Nam einsehn, aber watt heißtenn «Wir bitten um Ihr Verständnis»? Un wenn ich KEIN Verständnis hab? Der Bürger hat ja ga keine Möchlichkeit für zum Antworten, die bitten ein um Verständnis, un damit istie Sache für die erledicht, ja, von wegen, Männeken, aber nich mit mir.
Ich bin sofort nachen Stationsvorsteher hin un hab gesacht: Herr Wachtmeister, datt heißt nich «wir bitten um Ihr Verständnis», datt heißt «tut uns leid, datter Zuch Verspätung hat, entschuldigense, soll auch bestimmt nich widder vorkomms». Da kommse ein mitte ölige Tour! Verständnis! Ja, wo sind wer denn?

Oder vonne Post kommten Päcksken, nä, total kaputt, steht drauf. Sendung beschädicht, wir bitten um Verständnis. Da habbich aber kein Verständnis für, verdorri nomma! Die solln doch ihre Aabeit anständich machen! Ich geb meine Kunden ja aunnich olle Wurst un sach, de Leberwurst is leider schon leicht überm Jordan, ich bitte um Verständnis!

Ich seh et schon, datter Bundeskanzler sich im Paalament hinstellt un sacht, meine Dam, meine Herren, schön ham wer ja grade nich regiert inne letzte Zeit, aber watt will man machen, besser gehtet ehmt nich, wir bitten den Bürger eimfach um Verständnis, dann is alles paletti. Ja, so soller anfang. Dann nehm ich unser Oppa sein Wanderstock un maschier nach Bonn un zieh ihm den überm Poppo un sach, Helmut, kein Ton gezz, watt sein muß, muß sein, ich bitte um Verständnis –

Oder Fernsehen. Wie oft wolltich schonnen Film kucken, un watt wa? Anne spannendste Stelle reißter, oder der Sender fällt aus wegen Aabeiten anne Antenne während Tatort, grade wode Frau mitte Krokoschuhe von den fiesen Mann im Wasser geschmissen wird – Ton weck, Bild weck, Nebel, Flimmern, un wenn de Frau trocken widder bei Schimanski auffet Badetuch sitzt un erse fracht, obsen noch liebt, dann is datt Bild widder da, un watt is am Schluß? Kommtatt Frollein (auf die ich soweso schon geladen bin, weilse inne Ansage gesacht hat, guten Ahmt, meine Dam un Herren, gezz sehnse inne Reihe Tatort die spannende Geschichte, wo die Frau mitte Krokoschuhe von den fiesen Mann im Wasser geworfen wird, aber hinterher is alles widder gut un sitztse mit Kommissar Schimanski auffe Decke), ausgerechnet die kommt also widder un sacht: Für

den Bildausfall zwischen 20 Uhr 45 und 21 Uhr bitten wer um Ihr Verständnis.
Nein! NEIN NEIN NEIN!
Nächsten Monat, wenn datt nomma passiert, zahl ich bloß de halben Fernsehgebühren un schreib drauf: Programm wa zu schlecht, zahle deshalb bloß de Hälfte un bitte um Ihr Verständnis.

Schlußverkauf

Waanse schon in Schlußverkauf? Ich wa gestern, un ich hab auchen schön Schnäppchen gemacht, sonne Strickjacke für Willi für zu Hause, statt 89 Maak bloß noch 29, habbich 60 Maak gespaat, un davon habbich mir dann ausse neue Kollektion schomman nett Blüsken gekauft, nä, aber datt wolltich eintlich ganich erzählen, sondern von diese nickelige Olle, mit der ich mich da inne Wolle gekricht hab, passense auf: Da gabet an ein Wühltisch mit Schuhe so nette leichte Treter, ich denk, Else, den in Bleu da, den nimmze, der paßt zu dein Alpakkamantel un sieht bequem aus, un wa auch meine Größe, 39, nä, ich nehm den, wa aber bloß der linke.
Wie ich noch so wühl auffen Tisch, soweit ich drankam, wa ja alles voll mit Leute, untie Schuhe waan Obermattrial echt Leder un bloß 20 Maak, da findich den rechten in Bleu aunnoch, aber 41, is ja zu groß, nä, un auf einma seh ich sonne Olle, wiese auch son Treter in Bleu inne Hand hält un am wühlen is, ich sach, hörnse ma, kann datt sein, datt Sie da zufällich mein rechten Schuh inne Hand halten, Größe 39? Kucktie mich an! Ich? sachtse, un ganz schrill, nä, ICH? IHREN? Sie ham meinen! Un da lassense mich hier ewich un drei Tage suchen, gezz gehmse den aber fix her.
Moment, sarich, so gehtet ja nu nich, ich hatte den garantiert zuerst, un hier, watt soll ich denn mit ein linken Schuh, nu gehmse mir ma den rechten, damit könnse doch ganix anfang.
Sie hälten sich überm Kopp, datt ich nur ja nich drankomm, nä, und widder keiftse so schrill –

Watt? ICH soll den hergeben? Wo datt MEIN Schuh is? Eher fall ich ja wohl tot um, wie dattich MEIN Schuh hergeb, wo sind wer denn, dafür steh ich ja wohl nich um sieben Uhr auf un werf mich im Gewühl, datt ich dann irgendsonne hergelaufene Tusnelda datt Beste laß, wattich in Schlußverkauf find, un überhaupt, watt wolln Sie denn in Ihr Alter mit Bleu, nu machense sich ma bloß nich lächerlich.
Ich hab dann versucht, ihr meinen Schuh auffem Kopp zu hauen, aber ich konntse nich richtich treffen, weilet zu voll wa, nä.
Hergelaufene Tusnelda, sarich. SOSO. Gleich hörnse aber de Engellkes singen, Sie dösige Fregatte, kuckense domma auf ihre Füße, 39, datt paßt Ihn doch soweso nich, Sie ham doch mindestens 46 bei Ihre Quadratlatschen, un bloß um mich zu ärgern, wollnse sich gezz in 39 quetschen, da könnse aber ewich un drei Tage waaten, bis der Mann mitte Schmierseife widder vorbeikommt –
Un so ging datt hin un her, nä. Un datt Luder hatten Schuh nich rausgerückt! Un watt sollte ich mit ein linken Schuh, nä, nützt mir ja aunnix, aber der gezz den geben, nä, Sie, hätten Sie aunnich gemacht, un wiese dann ma grade nich gekuckt hat, habbich den Schuh blitzschnell unten unterm Wühltisch druntergeschoben un mitten Fuß noch so hinterm Vorhang geschubst, weck warer, und dann binnich rübber nach jeder Schlüpfer 1 Maak un hab aber ausse Entfernung immer so gekuckt, wattse gezz wohl macht. Sie hatten Schuh natürlich nich gefunden, un wiese dann endlich ging, binnich blitzschnell nachen Tisch gesaust, bin druntergekrochen, hab mein linken Schuh widder raufgeholt, un dann habbich den rechten gesucht –
Sie, un watt soll ich Ihn sagen, der war eimfach nich da,

nich zu finden, weck, Luft, aus, vorbei! Den mußtie irgenzwo versteckt ham, bloß dattich en nich find – bäh, watt gibtatt fiese Weiber!

Paketzustellgebühren

Jedesma ärger ich mich, wenn ich en Paket krich. Nä, nich über datt Paket, datt kann ja schön sein, en Paket kriegen, aber überde Post, diese Hungerleider, die.

Da schickt mir einer en Paket, nä, füllt ne Paketkaate aus, bezahlt datt Porto, watt beide deutsche Bundespost wahhaftich nich billich is, Standardpaket bis 5 Killo über 300 Killometer kost 4 Maak 80, wennet en bißken komischet Format hat, 5 Maak 80, und für jedes Killo mehr tüchtich drauf, un wennse dies Büchsken kaufen, isset wahscheinz schon widder teurer geworden, son Paket, un wennse Pech harn, datt Büchsken auch – wo warich?

Ahja, datt Paket. Neulich, unser Omma, nä – hatsen Kuchen gebacken unnen Nachthemd für mich genäht, un für Willi waande Kreuzworträtsel drin, die se nich rausgekricht hatte, un für unser Inge widder eine vonne silbernen Kuchengabeln fürde Aussteuer, obwohl, wenn ich mir der ihre lila Haare so ankuck, dann kann ich mir datt nonnich vorstellen, datt die ma mit silberne Kuchengabeln, aber nu gut, wa en schönet Paket, nä, sachter Briefträger:

Datt macht 2 Maak 20.

Ich sach, wieso dattenn, datt Porto is doch schon bezahlt.

Ja, sachter, aber de Zustellgebühr.

Ich sach, Männeken, sarich, Sie ham ja vielleicht Nerven, wenn unser Omma datt Paket schickt un datt Porto dafür beide Post bezahlt, dann is doch wohl kla, dattat auch so zugestellt wird, un da seh ich doch überhaupt nich ein, datt ich da gezz nomma –

Frau, sachter, datt is aber üblich so, dafür datt wir hier mitten Paketauto vorfahren, datt kost nomma extra 2 Maak 20, steht inne Gebührenordnung.
Soso, sarich, un wer sacht, datt Sie mittatt große Paketauto vorfahn müssen, Sie sintoch jung un gesund, Sie könn doch laufen, sonz wärnse ja wohl nich Briefträger geworden, un so weit is de Post von hier ja wohl nich weck. Warum machense nich en klein Spatziergang durchem Stadtgaaten un bring mir datt Paket vorbei? Dann könn wer uns de Zustellgebühr sparen, un allenfalls kriegense ne Maak Trinkgeld, un die könnse dann behalten un müssense nich den ollen Schwaaz-Schilling abliefern.
Ach, sachter, wirklich? Un dafür lauf ich mit hundert Pakete am Tach hier durche Gegend, Sie machen mir aber Spaß, Frau.
Sie mir nich, sarich. (In sowatt kann ich ja eiskalt sein, nä.) Datt soll sich die Post doch gefällichst vorher überlegen, sarich, datt son Paket bis anne Haustür befördert werden muß, dann sollnse sich datt Porto eben besser einteilen, verdorri, datt is hoch genuch, un dafür kannich auch verlangen, dattatt Paket bis vor de Haustür gebracht wird, basta.
Könnse nich, sachter. Un wennse gezz de 2 Maak 20 nich bezahlen, dann nehm ich datt Paket widder mit.
Ja, sarich, tunse datt, un morgen hol ich et mir dann beide Post selber ab, eh datt ich de Post datt Geld in Rachen schmeiß und die macht Kabelfernsehen mit, nix.
Er widder ab mit den Paket, nä, un mächtich am schäumen.
Am nächsten Tach bin ich nache Post, kam schon der Dienststellenleiter un hat mich im Nebenzimmer gebeten.

Frau Stratmann, sachter, ich kenn Sie. Un damitse gezz nich widder wer weiß watt fürm Bahei um 2 Maak 20 machen, hier, nehmse in Gottes Nam datt Paket mit un Schluß, aber datt is ne Ausnahme, weil, kuckense hier –
Un dann zeichter mir son Aktenzeichen, nä, da war nem mich ein einzelner Herr auch schomma so schlau wie ich un hattie Post verklacht wegen de räuberische Zustellgebühr, un ers hatter tatsächlich gewonn, aber inne zweite Instanz bei dies Bundesverwaltungsgericht mußter de 2 Maak 20 dann doch zahlen, weil er mitte Zustellung von ein Paket de Dienstleistung von den Paketzustelldienst in Anspruch nimmt, ob er den nu in Anspruch nimmt oder nich, un ob Sie datt nu verstehen oder nich ...
Untie Post nimmt 350 Millionen Maak damit im Jahr ein!
Omma, habbich geschrieben, vielen Dank für datt Paket, aber schick in Zukunft lieber zwei Päckskes statt ein Paket, dann spaan wer de Zustellgebühr, kriegen se trotzdem zugestellt un ärgern de Post. Die ärgert uns nemmich auch genuch.

Erdstrahlen

Der aame Dieter Thomas Heck! Gezz weiß ich auch, wieso der immer so nervös un zappelich is un so schnell schnäbbeln muß, weil nemmich dem seine Willa jahrelang querstand zu ein globales Erdgitternetz! Ja, da könn Sie sich gezz vielleicht ganix so richtich drunter vorstellen, aber der Mann hatte immer watt im Rücken, son Ziehen, ers dachter, wären Hexenschuß, dann dachter, et wär watt anne Bandscheibe, immer Schmerzen, nä, un dann noch tapfer jahrelang auffe Arbeit fürm deutschen Schlager, ohne den gäbet Batta Illitsch un Hauard Carpendäl un Märy Ross ja ganich. Vorne lächeln un Karel Gott ansagen un hinten Rückenschmerzen, wattat manchma auch schwere Schicksale sind, un weiß unsereins ganix von, nä. Gezz verzeih ich ihm richtich manches. Obwohl ...

Aber jahrelang hatter Mann deswegen schlecht geschlafen, wegen dies globale Dingens, Gitternetz, un wußter ja nix von, nä. Nach außen sah datt Haus schön aus, Paak drumrum, Seidentapeten, alles da, un innen liecht er un kann nich hott unnich hü un liecht inne Betten un hat Stress. Ers dachtense früher alle, datt wär wegen de Hittparade, datt konnte ja nun schon kaum einer ohne Schmerzen kucken, un dann aunnoch selber machen! Aber dann hatter mitte Hittparade ja aufgehört un immer noch watt am Rücken, Massör half aunnich, un da hattem Heck seine Gattin, die Ranghild oder wie die heißt, hat neue Betten gekauft. Datt is ja sonne Energische, nä, mit Lattenroste un haate Matratzen aus Roßhaa – also die neuen Betten.

Nix. Er immer noch am stöhnen, dann hatter innet Kinderzimmer geschlafen, dann innet Eßzimmer, gabet fast noch ne Ehekrise wegen, de Malessen blieben.
Un dann kam einer mitne Wünschelrute un sachte: is doch kla! Der Mann *kann* ja ganich schlafen hier, datt Haus steht ja auf verschiedene Wasserhorizonte – fragense mich nich! Ich erzählet nur, wie ich et weiß! – auf verschiedene Wasserhorizonte, un da gibtatt schomma furchbaare Erdstrahlen, un überhaupt stehte ganze Willa quer zu ein globales Erdgitternetz, un da kricht man Verspannungen von anne Wirbelsäule, un datt tut weh.
Da könnse ma sehn! Watter Mann empfindlich is! Unsereins weiß überhaupt nich, dattet en globales Erdgitternetz gibt, un dem Heck seine Willa steht gleich quer dazu, gehnse weck ... Gezz wohnter in Baden-Baden.
Wenn die da schlau sind, erfindense auch schnell son Netz, sonz hamsen am Hals.
Aber ich kann de Erde auch verstehen, Sie. Dattie datt alle irgenzwann eimfach nich mehr aushält un giftich zurückstrahlt, un da hatse sich ehmt den Heck für ausgesucht. Einer musset ja sein.
Der Bioleck kuckt inne letzte Zeit auch schon so muffich. Ob de Erde gezz *da* zurückschlächt?

Land und Leute

Gedankenaustausch

Wie der Juan Carlos von Spanien neulich bei uns auf Staatsbesuch wa mit Soffie, nä, da hatter sich ja mitten Kohl zusammengesetzt un hamse sich unterhalten, un hinterher stand inne Zeitung: da hätte ein regen Gedankenaustausch stattgefunden, also unser Kohl un Spanien sein Juan Carlos, die hätten ihre Gedanken gezz ausgetauscht. Un nu mach ich mir so Sorgen!
Austauschen – datt heißt doch: ich geb dir datt, du gibs mir dafür datt un datt.
Wenn die nu aber wirklich ihre Gedanken getauscht ham, dann muß der aame Juan Carlos gezz in Spanien sitzen mitten Kohl seine Gedanken im Kopp am Ermittlungsausschuß un den Flickschlamassel, un der Kohl sitzt in Bonn un denkt womöchlich überm Nato-Austritt nach wie sonz der Juan Carlos un is bestimmt schon mitte Nerven fix un fertich –
find ich ja sehr gefährlich, son Gedankenaustausch, so gesehen ...

Heiliger Ausflug

Hörnse ma, als eimfachen Mensch un noch dazu bloß evangelisch, daaf ich da eintlich überm Papst watt sagen oder lieber nich? Is mitten immer so heikel alle, nä, hasse möchlicherweise gleich de Bischoffskonferenz auffen Pelz, un datt will ich ja aunnich.

Dabei will ich ganix Schlimmes sagen – datt verkneif ich mir schon extra alle wegen dies Verletzen vonne relligiösen Gefühle immer, fühlt sich ja sofort einer auffem Schlips getreten, wennze nur ma andeutes, datter in Südamerika – na ja, datt lass ich lieber, aber evangelisch oder nich, nä, der Wattikan is nu ma da, un kriegen wir ja auch mit, watter Woitila macht. Er is schließlich auch oft genuch inne Zeitung, un immer schick mitte neueste heilige Mode, un wichtich isser aunnoch, weil, wenn der Dieter Hildebrandt sich einma Sorgen macht un fracht, obber denn den Boden nu noch dauernd küssen daaf, wo doch alles verseucht is von dies Schernobill da, dann schaltet sich sofort der ganze Bayerische Rundfunk ausset Fernsehen aus, weil datt für die schon anne Gotteslästerung geht, man kann nich vorsichtig genuch sein, wenn man et alle recht machen will, nä ...

Aber nu wollt Else Stratmann et ja nonnie alle recht machen.

Un da habbich nu neulich inne Zeitung ein großen Farbbericht gelesen, watt seine Heilichkeit inne Freizeit macht. Immer beten kann er ja nu aunnich, der muß ja aumma raus ausse Kapelle un anne frische Luft, un damit dann

nich gleich widder de Pilger alle ankomm un gesechnet werden wolln, tarnen sen dann immer in ein klein Lieferwagen, wo keiner kuckt.
Un da fährt dann der Stellvertreter Gottes mit ein klein Lieferwagen rauf inne Abruzzen für zum Wandern! Hamsen aber doch erwischt un so Fotos gemacht, wo er richtich dicke Wanderschuhe anhat – mir wa datt direkt komisch, hörnse ma, ich hab nonnie gesehen, datter Mann Füße hat, der trächt ja sonz auch immer nur so lange Kleidchen, nä, aber ich bitte Sie, warum soll ein Papst keine Füße ham! Un auffen Kopp nich mehr dies goldene Dingen, na – wie heißtatt nomma, 24 senkrecht, 5 Buchstaben, Bischoffsmütze – Tiara, nä, nich mehr sonne Tiara oder wattatt is, nix: ne eimfache Baskenmütze un son ganz ordenären Annorack mit Kaputze, un dann wandert er los, heimlich, vonne ganze gläubige Christenheit nich bemerkt, untie Peterskirche steht leer, un keiner weißet, un der liebe Gott sitzt in sein Himmel oben un denkt: Watt machtenn der Woitila unten inne Abruzzen? Un dann kuckter vielleicht aumma selber widdern bißken nach seine Welt runter, wenn der Stellvertreter auf Urlaub is –
Eintlich is der liebe Gott aam dran, Sie: Der kann doch nie ma dicke Schuhe anziehen unnen bißken eimfach so durchem Wald spatzieren, datt muß auch tragisch sein – hasse datt alle ma erschaffen un kannz nich runter un musset dir ewich von oben ankucken, wattie dösigen Menschen aus deine schöne Welt machen! Kaatenkämpers von gegenüber ham übrigens gezz ihren Gaaten zubetoniert, weilse nochen Autoabstellplatz brauchen un auch dattse nich mehr Gras mähen müssen, also man glaubtet nich, wattie Krone der Schöpfung oft dösich is. Wo warich gezz?

Ach ja, der heilige Vatter, am wandern, nä. Dann ißter belechte Schnittchen, diese ihm inne Wattikanküche schon geschmiert ham, un trinkt Limonade un kuckt sich de Schöpfung ma ganz ausse Nähe an un erholt sich von den ganzen frommen Streß. Un dann wirter sich aumma wundern, wattie Italiener so alles im Wald schmeißen, wennset nich mehr brauchen, da isset ja noch schlimmer als bei uns. Un wennet dann berchab geht, da ziehter den Annorack aus, datt sieht man auf ein Foto, un da hatter ein schönes weißes Hemd an, Kragenweite 41, Willi hat 44. Ich sach schon, och, Willi, kumma, dem Papst seine Hemden würden dir ganich passen, un er sacht, watt sollich denn mitten Papst seine Hemden, un ich sach, Gott, nur so, fiel mir grade ein.

Un auf dies Foto sieht man auch, datter Papst blaue Turnschuhe anhat, da hatter de dicken Wanderschuhe wohl im Rucksack getan untie leichten Treter angezogen, un datt wa zu der Zeit, wo wer in Mexiko Fußball-WM hatten, nä. Un wie ich den Papst da in seine Turnschuhe seh, auf dies Foto, da binnich so richtich glücklich gewesen, obwohl ich doch bloß evangelisch bin: Datt waan seit Wochen de ersten Turnschuhe un auch der erste Annorack, wo nich groß un breit der Name von diese weltweite Firma draufstand, wir verstehn uns, nä. Jeder, der in Fernsehen rumspringt fürm Sport, läßt sich dattoch bezahlen, datter Werbung läuft fürde drei Streifen, un der Papst machttatt nich mit, datt rechnen wir ihm hoch an, Willi und ich.

Wir hatten nemmich direkt schon Angst, datt soga der liebe Gott in Himmel schon in diese Träningsanzüge rumsitzt, aber wenn der Stellvertreter noch eigene Turnschuhe ohne Name drauf anzieht, dann wirter Scheff aunnoch ver-

schont sein. Datt sind aber dann bestimmtie beiden letzten – außer Willi un mir. Uns kommt nix im Haus, wode Reklame schon aufgedruckt is.
Jaja. Der liebe Gott, der Papst un Stratmanns – da is ehmt noch Verlaß drauf, un da beißt sich der Herr ... gezz hättich bald den Name noch gesacht, nix. Da beißt sich der de Zähne dran aus.
(Für Dieter Hildebrandt)

Weizsäcker in London

Hach.
Ich weiß aunnich.
Irgenzwie ... wennze älter wirs, gehn immer mehr Träume inne Binsen. Merken Sie datt auch so wie ich? Ich mein, einerseits isset ja gut, datte als erwachsenen Mensch nich mehr soviel Flausen im Kopp has un endgültich weiß, watt geht un watt nich geht, nä – aber trotzdem ...
Hamse den Weizsäcker neulich gesehen beide englische Königin in Buckinghampalast? Sie, vor ein paa Jahre noch, och, watt sarich, vorige Woche noch hättich wer weiß watt für gegehm, wenn ich einma in mein Leben da eingeladen wär, einma bloß in diesen Palast un mitte Königin an EIN Tisch sitzen un kleine Häppchen essen – un gezz?
Ich hab den Weizsäcker in Fernsehen gesehn, der is ja dagewesen mit Marianne, nä, un ich sach et ganz ehrlich: ICH HAB DEN MANN NICH BENEIDET!
Nein!
Ich hab den nich beneidet, Gott, watt wa datt alle steif da, wär ich ja verrückt bei geworden – roter Teppich, killometerlange Tische fürm ganzen Hochadel, alle mit so überzüchtete Nasen bis im Suppenteller, kein bißken Stimmung, wie auffe Beerdigung, un selbs da isset bei uns noch lustiger; hinterher, wennet Streuselkuchen gibt. Wie de Ölgötzen saßense alle aufie antieken Stühle un durften sich scheinz nich ma anlehnen, keiner wa ma am lachen oder erzählten Witz, dafür hält Lisbett ne Rede, gut, datt musse wohl, wirdse ja bezahlt für vom Kingdom.

Aber meinse, die macht man nett Sprücksken? Nix. Liest von ein Zettel ab, dattse de Wiedervereinigung wichtich fänd, un datt ham wer ja nu auch schon öfter gehört, nä. Da standse da wie Piksieben, Brille un Krone auf, Orden an, Kleid mit Glitzer, un dann die deutsche Hümne un mußtense alle aufstehen, un dann unser Richard.

Gut, der sieht ja ganz nett aus, aber datt Gelbe vom Ei is der aunnich, wennse verstehn, wattich sagen will, also dem seine Reden sind aunnich grade lustich un vor allem immer zu lang, zu lang! Ich hätt am liebsten gerufen, Richard, lasset, kumma, die ham doch alle schon Hunger un wollen am essen fangen, et wa doch auch schon nach elf, un er redet un redet, aber nich wie unser Onkel Aatur, wenn wer ma nett zusammensitzen, der kennt ja immer nochen Witz, nä, sind Kohl un Hannelore am Rudern auffen Wolfgangsee, sacht sie, kumma Helmut, da sind Pinguine, da würdich gerne en Pelzmantel draus ham, sacht er: aber Hannelore, datt sintoch Pellikane, da wem doch Füller draus gemacht – nä, watt habbich dadrübber schon gelacht, vor allem wennze dir vorstellz, dattet wahscheinz soga Enten waren, nä, nein –

Solche kennter Weizsäcker ganich, un da würde ihm die CDU auch watt husten un außerdem, da hätte in England ga keiner drübber gelacht, weil ich bin nich sicher, ob die den Kohl un die Hannelore da so gut kennen –

Wo warich eintlich?

Ach ja, Richard am reden un am reden, über de Völkerverständigung un dattie wichtich wär, ja, du liebe Zeit, un warum müssen wer dann anne Grenze immer noch den Kofferraum aufmachen?

Un Diana saß da wie aus Holz, un Sarah sah richtich un-

glücklich aus, da waase nonnich mit Andru verheiratet, un man konnte ihr direkt ansehn, dattse sich überlecht hat, obse in die klumpige Familie wirklich einheiraten soll, Fillip heimlich am Gähnen, un dann kam noch de englische Hümne, diese ja auch alle schon tausendma gehört ham, un ich dachte: Else! Else, gezz stell dir vor, du müßtes da sitzen, in datt Brokatkleid gezwängt, daafs nich reinhauen, wie et dir schmeckt, un obbet schmeckt, is beide englische Küche aunnoch de Frage, die spaan doch da an den Hof Windsor vorne un hinten, un dann müßtesse den ganzen Ahmt diese lilla Könichsgrotte mittat gestickte Wappen ankucken – nä, Sie, ich würd verrückt.
Da hatt ich datt zu Hause doch viel gemütlicher, auffen Sofa un mit ein lecker Käsebrot auffe Faust. Son klein bißken wehmütich höchstens, weil ich dachte: Kuck, Else, schon widder ein Traum weniger, da willze nu auch nich mehr eingeladen werden.
Beim Weizsäcker is datt watt anderes. Der muß.

Swetlana

Du liebe Zeit, watt ein Hin un Her mitte Swetlana Halleluja oder wie die nu heißt, Stalin seine Tochter! Datt sind ja vielleicht Eiertänze ...
Ers setztse sich dammals ab, wiese in Indien wa, nein, hießet, inne Sowjettunion wolltese nich mehr zurück, da könntese nich atmen, sie wollte gezz nach Amerika.
Gut – kamse nach Amerika, un alle am jubeln, sehter, hießet, in Rußland hältet ehmt keiner aus, un sie auch gleich en dicket Buch geschriem, wie furchba der Kommenismus is un alles, un dann wa Ruhe. Dann hatse ja auchen Amerikaner geheiratet, datt wa die vierte Ehe, un 71 kam die kleine Olga, un ein Jahr später waase schon widder geschieden.
Ja, un wie die kleine Olga 13 wa, fingse schon widder so am jammern, Heimweh, watt weiß ich, jedenfalls wohntese ers noch in England, un dann standse am Fluchhafen, un et hieß: Nein, kein Tach wärse in Westen glücklich gewesen, de russische Seele fehltse, untie Enkelkinder wollte se sehn un watt nich noch alle, jedenfalls, de Russen hamse widder reingelassen, weil die datt natürlich auch gerne hören, datt einer im Westen patu nich glücklich werden kann. Untie kleine Olga mußte mit, obse wollte oder nich, un die wollte nich, datt kann ich Ihn aber sagen. Ich bitte Sie! Datt Kind wa in Amerika aufgewachsen, un gibtatt in Moskau vielleicht Kaugummi, Blujiensbuxen un Heileif inne Disco? Nix, bloß de Paatei un Wolga, Wodka, Kaukasus, Kavia un Krimsekt, datt is donnix für son Kind. Russisch konntese aunnich, un dann mußtese inne Schule noch son aam braun Kittelchen

anziehen mitne Schleife vorne, also, da gabet Tränen von ersten Tach an, un schlecht inne Schule waase auch.
Un Swetlana hatte sich datt wohl auch anders vorgestellt mitte Heimkehr, mehr so auffen goldenes Tablett, wa aber nich, un da sasse nu rum un wa sich am öden, weil nix los wa, un dann fingse datt Futtern an un wurde immer dicker, un eines Tages paßte ihr datt ganze Rußland nich mehr un wolltese widder im Westen.
Aber alles läßter Russe ja nu aunnich mit sich machen, der hat sich am Kopp getippt un gesacht, Gospodin, oder wattie da so sagen, Genossin Stalin, gezz ma Nägel mit Köppe un Hammer un Sichel, watt willze denn nu? Immer hin un her zwische de Ideologien, datt is gezz auffe Dauer bei uns nich angesacht, du bleibs da un aus, un datt aame Kind daaf raus un aufne englische Schule gehn, die fücht sich hier soweso nich mehr.
Ja, un nu is Olga raus, un die Swetlana weiß nich, wattse will, un bis datt Sie dies Büchsken inne Hand ham, isse vielleicht schon widder raus oder rein oder watt weiß ich. Datt hat aber mitte Ideologien, glaub ich, nich soviel zu tun. Mehr so mitse selber un diese berühmte Lebensmittelkrise. Oder wie datt heißt.

Waldheim

Meine Zeit, watt is datt schwer, für höhere Ämter ein finden, der dammals nich dabei gewesen is, nä! Keiner hat watt gewußt – dabei waanse alle inne Partei, bloß unser Kohl hat diese Gnade mitte späte Geburt, Gott sei Dank. Aber die Österreicher mit ihren Waldheim – ich frach mich bloß, wieso se da gezz ers drauf gekommen sind. Kuckense, wenn der Mann seit Kriechsende ein stillen Kleingärtner gewesen wär, nä ... aber der wa ers Botschafter, dann warer Außenminister, dann warer beide Vereinten Nationen ganz oben, un da hamsen soga zweima für gewählt, weiler immer so flichtbewußt un strebsam un aufrecht wa, fast wien Preuße, glaubsse ganich, dattatten Österreicher is, aber nu wan die ja dammals auch fast deutsch, nä.
Un all die Jahre hat keiner ma den Mund aufgemacht un gesacht: Vorsicht, nä, der Mann is nich ganz sauber – gut, vielleicht hattet jemand gesacht un wollte keiner hören, Beweise gabet ja aunnich oder lagen schön tief inne Archive, ja, un gezz auf einma, wo er nich mehr für de Welt dienen will, sondern bloß noch Altenteil für Österreich, da kommt plötzlich alles auffem Tisch, ich schrei mich weck:
Inne Reiter-SS soller gewesen sein. Er sacht: nä, warich nich, bloß mein Ferd. Innen NS-Studentenbund soller gewesen sein, er sacht: nä. Er steht aber auffe Liste, da muß ihn jemand eimfach so draufgeschrieben ham, sachter. Er wa in Saloniki, wiese de Juden inne Wehrmachtswaggons getan ham un ab nach Auschwitz, un zwa gleich 40 000 – hatter

aber nix von gemerkt, sachter, weiler ja 6 Killometer weiter weck wa, un hätte auch ganix damit zu tun gehabt, er hätte bloß immer de Stecknadeln auffe Landkaate pieksen müssen, wo der Feind stand.

Dann warer in Jugoslawien, wose ganze Dörfer eingemacht ham, ja, sachter, da wärer zwa zufällich gewesen, aber vonne Greuel hätter nix mitgekricht, warer wohl zufällich grade inne Kantine, un ers gezz nach 40 Jahre würder datt alle ausse Zeitung hören ...

Na ja. Kann ja sein, nä. Gibt ja sonne Biografie von ihm, hatter selbs geschrieben, über de wilden Jahre in Nu York, da gehtet mitten Kriech dann auch ganz fix – Ostfront, verwundet, Student, Dokter, Pollitiker un dann die Gnade von Stunde null, nä, irgendne Gnade gibtet ja immer, aber die Gnade, dattie Archive alle abgebrannt sind, die gibtet leider nich.

Un nu hamsen gewählt. Warum, weiß ich aunnich. Unser Omma sacht: wahscheinz lebter Führer donnoch heimlich un is als Entlastungszeuge aufgetreten. Ja, dann.

Der Bundestach zieht um

Och, der schöne Plenarsaal! Alles ausgeräumt! Bloß der aame Adler hängt noch anne Wand, der Bundespleitegeier, un kuckt traurich auffe Reste runter. De Stühle hamse raus, datt Rednerpult steht inne Garasche, un nu baunse zwei Jahre um, untie Abgeordneten müssen in son Wasserwerk umziehen. Obwohl – hamse datt Wasserwerk gesehn? Ja ich sach Ihn'! Pikkobello! In son Wasserwerk würdich auch gerne wohn, schöne große Fenster bis auffem Boden, Paak drumrum, alles 1a geflecht un viel gemütlicher wie datt olle Bundeshaus, wattse inne Fuffzigerjahre billich, billich hochgezogen ham, bloß en bißken enger isset in dies Wasserwerk, aber wer weiß, wozu datt gut is, nä ...
Da sitzense dann näher zusamm, sowatt kann ja auch ganz gemütlich sein, kucken schön im Grünen, vielleicht stimmtse datt friedlich, aber et wird bestimmt auch widdern Döskopp geben, der ausset Fenster zeicht un sacht, watt wollter eintlich, de Umwelt is doch wunderba grün, gibtoch ga kein Waldsterben, brauchen wer uns dadrum schomma keine Sorgen mehr machen.
Wir ham ja 520 Abgeordnete, nä, aber soviel Sitze gehn im Wasserwerk nich rein. Nu sintie ja soweso nie alle da, außer, et gibt man Hammelsprung odern schön Skandal wie damals mit Manfred vonne Bundeswehr, da wollnse dann alle dabei sein, aber wennet meinzwegen bloß umme Frauen oder de Jugend geht, isset immer schön leer, un da reichtatt Wasserwerk dann auch gut aus gezz.
Wennet ma dick kommt, gibtatt noch extra 36 Wandklapp-

sitze, da können se dann de Grünen draufsetzen, die wolln ja immer kein Luxus, da hamse dann kein. De andern Stühle sind aus gutes Leder.
Gezz rechnense sich ma aus, wattatt widder kostet – fast 500 Sessel, laß jeden anne 6–700 Maak kosten, un datt alles bloß proffessorisch, is ja nurn Proffessorium, bisse widder im echten Bundeshaus zurückdürfen, da hattat ganze Proffessorium gezz schon 18 Million Maak gekostet! Mit Kantine! 18 Million für son paa Abgeordnete, die nie da sind! Un für de Ausländer hamse nich ma Turnhallen oder Zelte! Ja verdorri, da wärn doch 18 Million zum Bauen gewesen, datt is ja wohl aus der Kasse, da hätten doch de Abgeordneten ma für zwei Jahre inne Zelte gehen können, müßtense nich ma drin schlafen un wohnen, bloß Sitzungen halten, aber nein – Proffessorium muß elegant sein mit echt Leder un Lüster, weil, watt denkt sonz die Welt, wie popelich wir sind?
Wattse denkt dadrübber, watt wir mit unsere Ausländer machen, is ja scheinz egal, Hauptsache, de Regierung sitzt weich mit ihre dicken Hintern.
Aber datt wissen wer ja, sowatt kann sich schnell ändern auffe Welt. Watt heute noch Regierung wa, kann morgen schon Flüchtling sein, watt meinse, watter Botha zum Beispiel eines Tages noch haat sitzen wird ...
Hoffentlich.

Kunst und Krempel

Kunst

Watt is eintlich nu Kunst? Bei Kunsthonich un Kunstseide weissich et ja noch, aber richtige Kunst gezz, wo fängtie an un wo tunse uns verschiffschaukeln? Et heißtoch immer, Kunst wär so wichtich, nä, tät datt Leben schön machen, ja, ich bitte Sie! Kuckense sich de moderne Kunst doch an! Drei schwaaze Striche auffen Blatt un heißt «Sonnenuntergang»! Neulich hatter Albrecht von Niedersachsen bei Dalli-Dalli Gitarre gespielt un dazu son Liedken gesung, «Schöne Zeit, wie Rauch, wie Rauch zur Tür entflieht ...» Ich sach, Willi, wa datt nu Kunst? Gott, ja, sachter, fürn Ministerpräsedent schon, stell dir den Kohl mitte Gitarre am singen vor, man is ja schon froh, wenn von diese Brüder überhaupt ma einer sowatt kann, der Scheel is ja wegen den gelben Wagen, wo er so nett von gesungen hat, heute noch berühmt.

Aber dieser Herr Jesus gezz, is datt – nä, nich Herr Jesus, wie heißter gezz? Waatense, so ähnlich, ich komm gleich drauf ... ja, der Herr ... Herr ... der heißtoch Jesus, lief doch bei Löwenthal in sein Magazin neulich, nä, da warer schon widder mitte Spucke am sabbern vor Angst, weil dieser Jesus Christus – nä! Christo heißter, Herr Christo, ich wußtet doch –, weil dieser Herr Christo, der will den Reichstach einpacken mit Tücher, un er sacht, datt wär Kunst, aber der Löwenthal sacht, datt wärne Schande fürde freie Welt, weil, grade der Reichstach, datt wären Sümbol fürm unteilbaren Deutschland un dürfte man nich einpacken, un der Herr Christo sacht, doch, datt is ja grade de Kunst, wenner eingepackt is, sehnsen auch widder, un Willi sacht, ich find, der Christo soll den Löwenthal einpacken, datt wär ma Kunst, aber schön feste verschnüren, datter so schnell nich mehr rauskommt, hamwer noch so gelacht an den Abend ...

Wo warich? Ja, Kunst. Kuckense, inne Musik gezz. Madonna, diese Zammelige aus Amerika, die immer in schwatte Korsetts rumläuft mit Netzstrümpfe un Kreuze inne Ohren un singt wie unser Inge mit sieben, bloß englisch, un datt soll nu Kunst sein? Nich mit mir. Unser Inge sacht, datt wär Popp un Popp wär Kunst. Oder Rambo, in Kinno – is datt Kunst, wenn einer mitte Knarre durche Botanik holzt untie halbe Welt umbringt? Oder in Schweden, da hat gezz einer für unser Silvia en Walzer komponiert, der heißt auch «Silvia-Walzer», is datt Kunst?

Ach, wissense – früher, nä, da ham de Maler noch Blum un Gurken un dicke Frauen gemalt, un inne Musik gabet Reich mir die Hand mein Leben un dann der Kölner Dom ... Aber vielleicht merkt man als Mensch de Kunst inne eigene Zeit aunnich so, un wenn wer ma tot sind, 100 Jahre nach uns, da sagense dann, och, kumma 1986, wattatta Kunst gab, all de schön Fußgängerzon un Kernkraftwerke un Blumkübel aus Betong un Mäcdonald, meine Zeit, watt hatten die 1986 noch Kunst un Kultur, wir dagegen heute ...

(Für Alfonso Hüppi)

Mann mit Goldhelm

Ja sagense ma!
Gezz is der Mann mitten Goldhelm überhaupt nich von diesen berühmten Rembrandt da! Sie wissen, watt ich fürn Bild mein, nä? Son ollen Haudegen mitten goldenen Hut auf, wose son Bahei drum machen un der seit Jahre mit Alaamanlage in Museum hängt, dabei kannzen bei jede Kaufhalle inne Kunstabteilung kaufen, un den soll ein ganz berühmter Maler gemalt ham, ehmt diesen Rembrandt, nä, en Holländer muß datt wohl gewesen sein, is aber schonnen paa hundert Jahre untern Torf, bloß sintie alten Bilder ja immer viel berühmter wie die neuen, is ja kla, nä. Da erkennze wenichstens noch watt drauf, die konnten noch schön malen, heute? Drei Kleckse, en grün Strich un ohm inne Ecke noch watt Blauet un heißt «Sommernacht an See», gehnse weck. Dammals, wennen Bild hieß «Mann mitten Goldhelm», dann wa auchen Mann mitten Goldhelm drauf, da konnze dich drauf verlassen un fertich, egal, ob datt normal is oder nich, mit sonne Blechmütze rumlaufen – wenn einer datt so wollte, dann wurder auch fürde Nachwelt so gemalt un aus. Die hatten ja aunnoch keine Fotoapperate dammals, wose de Kinder zeigen konnten, kumma, Erwin, so hattein Oppa ma ausgesehen, mußtensen schon malen lassen, nä, sonz wa nix.
Un gezz stellnse sich ma vor, seit 1600 nochwatt, wo dieser Dingens, Rembrandt, gemalt hat, wattatt seitdem Kriege gab! Un Brand un Mord un Totschlach, un allein Weltkriech eins un zwo, ganz Essen inne Binsen, aber datt Bild hattet

überstanden, so solide wa datt gemalt, deshalb kost son Bild in echt ja auch heute soviel. Un deshalb is datt gezz richtich peinlich, wenn auf einma rauskommt, datt dieser Rembrandt datt wahscheinz ganich gemalt hat! Da hamse jahhundertelang irgendson Bild gerettet, un hinterher kommt raus, ätsch, wa ganich von diesen berühmten Künstler!

Gezz denkense ma am Atombunker, dense extra fürde Kultur gebaut ham, wose de Kunst fürde Nachwelt reintun wollen – hätter Rembrandtverschnitt schomma keine Schangsen mehr, datt hatter nu davon. Un nu wissense nich ma, von wen datt Bild gezz is – inne Zeitung steht: «Von Rembrandt-Umkreis». Umkreis? Nuja, datt wird son Kujau von dammals gewesen sein, einer ausse Nachbaschaft, der sich sachte, kumma der Rembrandt – watter kassiert! Datt kann ich auch, mal ich doch gezz aumma wie der, un dann lach ich mich im Fäustken, wennset glaum un kaufen, un so waret, nä. Rembrandt-Umkreis.

Wenn ich gezz bloß wüßte, ob de betenden Hände bei uns übern Schäselong wirklich von diesen Dürer sind oder aunnich? Nachher habbich die 30 Maak umsonz ausgegehm, untie sind nich ma echt un bloß von ein Dürer-Umkreis? Andrerseits – wo krisse heute schon noch datt Echte, nä. Is doch alles Beschiß auffe ganze Linie, wo Jock Ewing wa, is Clayton Faalow, wo Nowottny wa, is Lüch, wo Baum wa, is Zimmermann, wo Wald wa, sind Löcher inne Luft, un ausgerechnet inne Kunst soll immer alles echt sein?

Wenn wer ehrlich sind, könn wer datt ganich verlangen, Sie. Nich ma dem Schäkspier seine Stücke sind ja neuerdings noch von Schäkspier, habbich gelesen, sondern bloß von ein Herr, der zufällich auch Schäkspier hieß.

Schweine und Lyrik

Also, datt erzählense uns ja nu auch schon länger, dattie Kühe glücklicher sind, wennse watt von Mozart hören wie vonne Rolling Schtones, die geben irgenzwie mehr Milch dann, nä. Ich behaupte ja, dattse am glücklichsten sind, wennse draußen auffe Wiese stehen untie Vögel hören dürfen, aber sowatt gibtet ja schon ganich mehr, heutzutage stehnse in so Käfige drin un wern elektrisch gemolken un müssen sich den ganzen Tach Musik anhören, nä, Sie, Kuh möchtich aunnich sein, aber watt wollt ich eintlich ... Ah ja: gezz hamse watt Neues rausgeforscht, der menschliche Forschergeist is ja unermüdlich, nä, immer am sich regen dran, gezz hamse rausgeforscht, datt Schweine besser futtern un sich schöner mästen lassen, wennzese dabei Liebesgedichte aufsachs ... Ich bitte Sie!
Da steht son aam Schwein an sein Troch un will in Ruhe essen un watt vor sich hin grunzen, un dann kommt einen – der Bauer oder könnse ja auchen Knecht für nehm oder wär datt nich auch ne schöne Beschäftigung fürm Zivildienstleistenden? Gewaltloser gehtet nich ... Also, kommt einen un fängt mit schmalzige Stimme am vorlesen:
«Wer je gelebt in Liebesaamen, der kann im Leben nie veraamen, un müßter sterben, fern, allein, er fühlte noch de selge Stunde, wo er gelebt an ihren Munde, un noch in Tode issie sein.»
Watt meinse, wie datt Schwein den ankuckt ... Liebesaame! Oder der liest meinzwegen «Ich saß bei jene Linde mit einen trauten Kinde, wir saßen Hand in Hand ...» Wennse

mich fragen, da kann son Schwein doch überhaupt nix mit anfangen, kuckense, schon mein Willi, nä, ich will datt ja nu wahhaftich nich vergleichen, aber wenn wir so sitzen inne laue Sommernacht auffen Balkong un krichich schomma sonne Anwandlung un sachen Gedicht auf, ich kenn die ja alle noch ausse Schule, weil Gedichte, die habbich zu gern, datt bringt irgendwie Rosen im grauen Alltach, wennse verstehen, wattich mein, un dann sach ich so: «Ach, frachstu mich, woher die bange Liebe mir zum Herzen kam, un warum ich ihr nich lange schon den bittren Stachel nahm?», dann sacht er höchstens: «Ich frach dich sowatt nich, ich frach höchstens, warum schon widder kein Bier mehr da is», un da könntich glatt am weinen fangen, weil der Mann aber auch so ga nix ...
Aber ich wollt ja vonne Schweine, nä, dattat gezz gut sein soll, wennse Liebesgedichte hören. Hat ein Futtermittelfritze aus Amerika, wo denn sonz, hat ein Computerprogramm entwickelt mit Liebesgedichte fürde Schweine, datt kricht man geliefert, wenn man dem sein Schweinefutter kauft, un datt säuselt dann da den ganzen Tach in Stall rum, un ich denk so: die aamen Viehcher. Datt denk ich, als Metzgersgattin, nä. Keiner streicheltse ma oder redet nett mit se, alle überlegense bloß, wiese noch mehr ausse Tiere rausholen könn, un wennet sein muß, mit Liebesgedichte aussen Computer, dattse nich merken, dattse bloß leben, damit wirse fressen. Liebe vor de Säue werfen is datt. Un Liebesgedichte, die einer bloß aufsacht, damitse wirtschaftlich watt nützen, die wirken sowieso nich.
Aber erklärense datt ma ein Herr ausse Futtermittelbrangsche in Amerika.

Der schönste Mann

Hamse inne Zeitung diese Liste gesehen von den attraktivsten Mann von Deutschland, wer datt is? Ach nä, nich Deutschland, bloß vonne BRD, wir ham ja immer noch datt geteilte Vaterland, Gott, watten Elend, hatter Honecker keine Schangsen, datter auffe Liste kommt, bloß weil er auffe falsche Seite wohnt –

Also, ma widder sonne Umfrage wa datt, dattie Zeit rumgeht, wer der attraktivste Mann vonne Bundesrepublik is, un wer isset?

Is doch kla: Nummer 1: Weizsäcker, der muß ja wohl automatisch als Präsedent auch der Schönste sein, weil übern Präsedent gibtet ja nix, datt wär dann wohl in Italien automatisch der Papst geworden, dadrübber gibtet ja aunnix.

Der Weizsäcker – finden Sie den denn soooo schön? Gut, die Haare, nä. Aber die hat der Kürten auch. Dem Weizsäcker seine Nase is jan bißken knubbelich, oder? Kenn Sie den Doktor Klettenkämper ausset Knappschaftskrankenhaus, Hals, Nase, Ohren? Ja ich sach Ihnen! Ein Bild von einen Mann! Herrlich! Zähne wie Perlen un Haare wien Hut un Augen, datte dir am liebsten bei dem gleich de Mandeln rausnehm lassen würdes, aber der taucht auffe Liste überhaupt nich auf!

Weizsäcker auf Platz 1 un Doktor Klettenkämper nich ma unterde ersten zwanzich, hamse die noch alle? Wen ham die eintlich gefracht beide Umfrage? Et heißt, 1200 ausgewählte Bürger – wer wähltie aus? Nach watt? Müssen datt alles entfernte Verwandte vonne Bundesregierung sein

oder wie seh ich datt? Binnich niemand? Warum bin ich nich dabei? Wo kann man sich da melden, datt ma aumma gefracht wird?
Auf Platz 2 is Kalleinz Böhm, der ma Kaiser von Österreich wa mit Rommi Schneider. Gezz isser sowatt wie Kaiser von Äthiopien un hilfte Aamen, hat ein gutes Herz, deshalb hamsen wohl gewählt. Der hätte auch mehr davon, wennsen watt spenden würden als wennsen als zweitschönsten Mann auffe Liste setzen, da kanner sich nix für kaufen, nä.
Un überhaupt, wenn der Weizsäcker der Schönste is, hättann nich unser Bundeskanzler auf Platz 2 gehört?
Ja nu! Wennschon, dennschon, nä, aber die ham sich wohl gesacht bei diese Zeitung, laß wer datt lieber nich machen, dann glaubt uns kein Mensch de Liste mehr – et is schon schwer genuch, den jeden Tach als Kanzler zu verkaufen, da könnwer nu nich noch behaupten, datter aunnoch der Zweitschönste wär, also, machen wer lieber Kalleinz Böhm.
Auf Platz 3 is der Valerien aussen Sport, datt wirten Kürten fuxen, die kämm sich doch jeden Morgen umme Wette, aber er muß sich den Platz mit Schimanski teilen, un da sehn wer schon, die ham datt so gemacht, datt für jeden watt dabei is – für unser Omma der Weizsäcker, fürt gute Gewissen der Böhm, für unser Inge den Schimanski, für mich den schön Harry, bloß für watt der Frank Elstner auf Platz 4 is, datt muß mir ersma einer erklären. Wetten, dattat keiner kann?

Benefitzkonzerte

Unser Inge wa letztes Wochenende auf ein Openär-Konzert, nä, so mit laute Musik un anne frische Luft un fürn guten Zweck, diesma glaubich fürde Neger.
Ich weiß gezz nich genau, um wattet da ging, ummen Hunger oder dattse alleine regieren dürfen in Südafrika oder Wasser inne Wüste, jedenfalls schickense datt Geld dahin, un bloß datt Geld vonne drei Schallplatten, die sich unser Inge da an son Stand gekauft hat, datt verdienense wohl selbs, de Künstler oder de Firma, muß ja auch sein.
Gestern wase hier inne Stadt auffen Konzert fürde Krebskranken, un heute is im Stadtpaak watt für de Robben un gegen den Walfischfang, un nu willse nach Berlin fahn, da is watt inne Waldbühne, wose alle am singen sind gegen Atom. Ich sach, gegen Atom? Datt hattesse doch ers vor zwei Wochen in Wackersdorf, ja, sachtse, datt wa gegen de Aufbereitungsanlage, aber dies gezz is gegen Schernobill, weisse, für de Opfer, unnoch fürne Kommission von ein unabhängigen Strahlenschutz, dattse datt ma richtich messen mit Röntgen un Millirem un Beckerel un watt nich alle, die bescheißen ein doch sonz. Un da singen die für.
Soso, sarich, da singen die für. Müßte man da nich dem Riesenhuber ma auffem Pelz rücken un dem Zimmermann anstatt für singen? Ganz vorsichtich hab ich datt gesacht, nä, weil unser Inge is ja sowatt von empfindlich, da weisse nie, wann de se auffem Schlips tritts, un is ja auch schön, wenn sich de Jugend engaschiert. Ingelein, sarich, kumma, Hand auffem Herz, is datt nichen bißken viel Benefitz un Enga-

schemang inne letzte Zeit? Für de Asülanten un gegen Aids, für de Abtreibung un gegen datt Waldsterben, für de Strahlenkommission un gegen Gorleben, für de Menschenrechte un gegen de Nato, für datt freie Afrika un gegen watt weiß ich noch, wann singen die denn ma widder eimfach nur so, für de Kunst un aus Jux un Dollerei un Spaß? Musset denn unbedingt fürm Libanon un de SPD sein, sonz isset Zeitverschwendung? Du meine Güte, is ja schön, Menschenkette anne Mauer oder Menschenkette durch Amerika, mittendrin der Ronald Dingens, der datt Programm fürde Aamen so gekürzt hat, datt se gezz ers richtich wissen, watt Hunger is? Un singen da nich auch alle *die* nochen kritisch Liedchen über Deutschland, die sonz auffe Waldbühne oder auffe Lorelei kein Bein auffem Boden kriegen würden? Langsam lacht sich der Staat ja watt im Fäustchen un sacht, is ja gut, wennse sich alle so im Zeuch legen, dann müssen wir uns ja um nix mehr kümmern, könn wer fleißich Waffen nachen Nahen Osten schicken un unsern schön Leopaad, de Barden gehn dann fürde Kriechsopfer auffe Bühne, un wir sind aussen Schneider.

Bäh, Mamma, watt bistu wieder fies, sacht unser Inge, hasse denn ga kein Idealismus mehr fürm guten Zweck? Bise denn dafür, dattse datt ganze Altöl inne Nordsee kippen?

Nä, sarich, binnich nich. Un protestieren un aufpassen is auch richtich. Nur, warum da jeder nochen Lied drübber schreiben muß, datt versteh ich nich. Auf einma sintie Künstler alles selbstlose Wanderprediger, un da hörtet bei mir auf, Ingelein, weil, der Mensch, nä, der muß ... huch, gezz fang ich nachher noch selbs am predigen. Lieber nich.

Schiffsunterhaltung

Manchma hat man ja intressante Kunden, Sie.
Kommt neulich ein Herr bei mir im Laden, geflechte Erscheinung, komm wer so im Gespräch, nä, sachter, er wär fix un fertich, er hätte sich den ganzen Tach bloß Bauchredner angehört. Ich sach, watt is dattenn fürm komischen Beruf, aabeitense fürm Herr Bioleck seine Schau als Zulieferer oder fürm Zirkus oder watt?
Nä, sachter, er wär Agent fürde Unterhaltung auf Luxusschiffe, so Kreuzfaahten, wissense, wattie Kinder schomma de Eltern zur Silberhochzeit schenken, un dann schippernse durchem Mittelmeer, un dabei singter Iwan Rebroff, dattse sich nich nach 25 Jahre Ehe noch soviel unterhalten müssen.
Die kannte der alle, der Agent, der Iwan Rebroff, sachter, singt auffe MS Odessa, weil de Leute dann datt Gefühl ham, wär alles russisch, un neulich warer mitte MS Europa bis nach Schina hin un immer feste mit Kalinka, Kalinka un so Wolgalieder, nä. Doll. Un da gäbet welche, sachter, die sind zufrieden mit freie Kost un Faaht, un andre kassiern ab, datten Kappetän schwaaz vor Augen wird – also fürn Appel unnen Ei fährtie Anneliese Rothenberger nich auffem Amazonas un singt fürde Gäste.
Die Valente is zu ihr 50. Bühnenjubeläum mit inne Aaktis un hat Bonjur Katrin gesungen vorde Walfängergräber inne Magdalenenbucht. Un Heino wa Ostern am Schwatten Meer, oder nä, am Roten, dabei tätatt Schwatte viel besser zu ihm passen, findense nich?

Sie glauben nich, Frau Stratmann, sachter Agent, wattie Leute anspruchsvoll sind. Datt reicht denen nich, ma in Ruhe Meer un schöne Landschaft kucken unnen bißken ausspannen, nein, muß immer Remmidemmi sein, Budenzauber rund umme Uhr, Volkstänze un Kinno un Äkwatortaufe un datt Wiener Kammerorchester, un Hermann Prey muß inne Karibik Schubertlieder singen, sonz wollnde Leute datt Geld zurück. Un ich, sachter, muß datt alle organisieren un aussuchen un datt Programm zusammenstellen, un heute, sachter, habbich nu ma ehmt den ganzen Tach Bauchredner angehört.

Un, sarich, hamse ein gefunden?

Nä, sachter, aber watt anderes, wir ham ein Schiff auffe Donau zu laufen, da gehn bloß 160 Leute drauf, un für 160 Leute krichich nich den Peter Maffay, aber da habbich gezz ganz schlau den Gotthilf Fischer ohne Chor genomm, der fährt mit un dressiert de ganze Zeit de Passagiere für zum Singen, un wenn wer in Budapest anlegen, ham wer 160 Mann Fischer-Chor, schön, nä?

Gezz versteh ich zum erstenma, wieso die Leute auffen Wasser so leicht seekrank werden. Da würd mir auch schlecht, Sie.

Zahn und Zeit

75 Jahre – Prinz Bernhard

Gezz ister auch schon 75, wattat alle schnell geht, der Bernhard Leopold Frederik Eberhard Julius Coert Carel Gottfried Pieter Prinz zu Lippe-Biesterfeld! Willi sacht, also Else, wie du dir bloß die Namen von denen immer alle merken kannz, könntich nie! Aber ich sach, für watt man sich intressiert, datt behält man auch, Juliane heißt zum Beispiel noch Luise Emma Marie Willemina, un Tittel hatse wie drei Meter, Prinzessin der Niederlande un von Oranien-Nassau, Herzogin von Mecklenburch un Prinzessin zu Lippe-Biesterfeld, un bis 1980 wase ja Königin von Holland, nä.

Die is ja zwei Jahre älter wie unser Bernhard, sie is null neun, un er is Jahgang elf, sonz könnter ja gezz nich 75 werden, in Jena is der geborn. Da is ja heute de Ostzone un hat alles der Russe, auch komisch, nä. Der Vatter von Bernhard wa seine Durchlaucht Bernhard Kasimir Friedrich Gustav Heinrich Willem Eduard Prinz zur Lippe untie Mutter – sollich de Nam gezz alle aufzählen? Datt wird aber lang! Na gut, sonz denkense nachher noch, ich wüßte nich, wie die geheißen hat, datt wa Aamgaad Kunigunde Alharda Agnes Oda Freiherrin von Sierstorpff-Cramm, Cramm mit C und Sierstorpff mit ff hinten, un er wa trotzdem nix Halbes unnix Ganzes: wie er die Juliane kenngelernt hatte, warer in Paris beine Faabenfabrik angestellt, dafür brauchich aunnich adelich sein!

Also wennse mich fragen, dann hatter mit Juliane datt Schnäppchen seines Lebens gemacht, wo die doch so reich

is – aber wa wohl wirklich auch Liebe. Januar 37 hamse dann geheiratet, un 38 wa schon Beatrix da, die gezz auch schon Königin is, de Kinder wern ja so schnell groß, nä!
Ich weiß noch, inne Verlobungszeit is Bernhard dammals mitte Juliane immer nach seine Tante Allene von Kotzebue hingereist, die heißt wirklich so, un die sollte datt Pummelchen aus Holland ma Schick un Schmackes beibring, also wie heute Diana zu Sarah sacht, dattse als Herzogin datt Dirndelkleid nu nich mehr tragen kann, so hattie Tante Kotzebue der Juliane gesteckt, dattse ma seidene Wäsche anziehen soll statt Wollbuxen immer. Aber da kamse bei der grade richtich, die wa ja immer mehr fürt Praktische. Grade bei den Wind in Holland! Un dann mit Seidenwäsche auffen Farrad, bloß weil der Olle eima in Paris wa, nix, da wa die stur.
Die hat immer schon gewußt, wattse wollte, schon am Strand, wiese nochen junges Mätchen wa, da hat ma einer gelästert über ihre Säulenbeine, der wußte aber nich, wer datt wa, nä, un dadrauf sie, ganz kess, sachtse, Bursche, waate du ma ab, auf diese Säulen wird einst datt Könichreich der Niederlande ruhen!
Un so waret dann ja auch. Bernhard mußte immern paa Schritte hinterse gehn, weiler ja bloß Prinzgemahl wa un nich Könich. Aber er hat sich da weiter nix draus gemacht, der wa nie en Kind von Traurichkeit: Fluchschein, Jachtschein, gleichzeitich Tierschutzverein, obbet nu zusammpaßte oder nich, der hattat Beste ausse Olle sein Beruf gemacht, wie Fillip von England, datt is ja auch unser Fillip, eintlich, Battenberch, nä. Wir liefern ja immer de Prinzgemahle überallhin, Claus ja auch.
Unter Bernhard – ich mein, datt is doch ne gute Paatie für

ein Junge ausse Ostzone, ne Gattin mit überne halbe Milliade Vermögen auffet Privatkonto! So würdich auch gerne 75. Brauchtich mir umme Rente keine Sorgen machen.

36 Jahre – Winkler reitet nich mehr

Nach 36 Jahre im Sattel hörter gezz auf, der Winkler. Nuja, ich bitte Sie, datt is aumma widder sonne tüpische Übertreibung, der wird ja nu nich 36 Jahre ununterbrochen im Sattel gesessen ham, der Winkler, der wird ja da aumma runtergekomm sein, nu wolln wer ma nich mehr hermachen, als wie is. Ich sach auch oft zu Willi, wenn ich datt aame Dier krich, meine Zeit, sarich, gezz steh ich schon bald zwanzich Jahre inne Küche, un datt soll nu datt wahre Leben sein? Aber so isset ja nich: ich steh auch in Laden un anne Kasse un inne Badestube anne Waschmaschine un in Flur für zum Treppenputzen – also, en Honichschlecken is mein Leben nich, datt könnse aber glauben.

Der Winkler sacht: «Mir hat mein Leben alles gegeben. Eintlich.» Un dann seufzter, un wir, die wer nich auffem Kopp gefallen sind, wir wissen: wenner «eintlich» sacht, dann meinter «eintlich nich», nä.

36 Jahre im Sattel un immer bloß für Deutschland reiten! Immer ohm auffet Ferd, un unten ging ihm eine Ehe nache andere inne Binsen, ers mitte Springreiterin Inge, dann mitte Gräfin Marinna, un gezz is ihm Astrid weck mit ein ägyptischen Springreiter, wattie bloß immer alle anne Springreiter finden? Mir könnze ein schenken, ich nähm en nich. Wennse schon von den Hansgünter weck will, watt keiner besser versteht wie ich, weil, datt muß furchba sein, en Gatte, der immer bloß mitte Ferde zugange is, un statten Küßken gibter dirn Stücksken Zucker, un im Bett kommter statt Streicheln mitte Striegelbürste, weiler alles durchen-

ander schmeißt, Frau un Ferd, nä, wenn schon weck mitten andern Mann, ja verdorri, warum denn dann nich mitten flotten Eintänzer oder ein Herr vonne Spakasse oder meinzwegen Udo Jürgens, warum mußtatten Springreiter sein, da kommtse doch von ein Ferd nachet andere, ich versteh die Frau nich. Aber die is ja auch aus Venezuela am Ende der Welt, vielleicht sintie da alle so, watt weiß ich, lern du mich de Menschen kenn, sarich immer.

Jedenfalls, gezz isser widder alleine, der Winkler, un hat bloß noch de Ferde, un ich sach Ihn', der hätte dammals Halla heiraten solln, datt wa ja wohl soweso seine größte Liebe, Halla, datt Wunderferd, nä, wissense noch, er mitten Hexenschuß oben in Sattel, un datt Ferd rennt ganz von alleine in Stockholm los un holtie Goldmedaille, datt wa 1956, wo ich mit Willi in Gladbeck auffe Kirmes ... mein Gott, watt is datt alle lang her, untie ganze Zeit hatter Mann nix anderes gemacht wie reiten! Wir ham geheirat unten Laden aufgebaut un unser Inge großgezogen, un dann hattich de Bandscheibenopperation, un dann ham wer unsern Oppa begraben un datt Geschäft neu gekachelt, un dreima waan wer in Italien un einma auf Borkum, untie ganze Zeit saß der Winkler im Sattel un wa am reiten, reiten, reiten, datt is doch auch kein Leben!

So gesehen versteh ich datt, dattert leid is un gezz ma aufhört. Soller de Ferde auffe Wiese schicken, wenichstens einer weniger, derse zwingt, über Mauern zu springen, wose ganich drübber wolln, un dann soller kucken, datter die Astrid widderkricht. Mitten Stücksken Zucker wirtatt aber nich gehen!

20 Jahre – Die Ehe Sachs/Bardot

Ach, die Brischitt Bardot! War ich ja immern bißken eifersüchtich drauf, weil, so ham de Männer nach mir nie geseufzt wie nach der, aber flöt, glücklich isse aunnich mit geworden, gezz isse 52 un alleine mitte Hunde, obwohl – na ja, so alleine wirtie schonnich sein, irgenzein hatse immer, derse am Händchen hält, un gezz istatt 20 Jahre her, dattse unsern Gunther Sachs geheiratet hat! Datt wa an 14. Juli, diesen Natienalfeiertach, weil, sie is ja Französin, nä, un hamse nich in Frankreich geheiratet dammals, 1966, sondern in Las Vegas, ich weißet noch wie gestern, er wa ja son Playboy, der Gunther.

Datt wa ja ein Schwerenöter! Wie der die Mirja nonnich hatte, die en ersma fest anne Kandarre genomm hat, da gab datt außer den Porfirio Rubirosa unten Ali Khan kein größeren Gesellschaftslöwe wie den, un wie die dann beide tot warn, wobei sindse wohl gestorben; Autorennen, nä, da wa er alleine, der Arndt Krupp wa ja für Playboy da noch zu klein, der is gezz auch schon unterde Erde, furchba. Ja, unser Gunther, der verdiente da schon eine Million im Jah, ohne datter watt tun mußte, bloß weil er als Bäbi im richtigen Kamin gefallen wa, sowatt muß man sich ma vorstellen – wennze Stratmann oder Metzkowitz heißt, kannze dich krummlegen, soviel datte willz, hasse nie ne Million, datt ganze Leben nich, aber wennze Gunther Sachs heißt un dein Vater hatten Kugellager erfunden un deine Mutter heißt Elli von Opel un dein Oppa gehört ganz Opel, dann bisse reich, eh de überhaupt piep sagen kannz, so isset, nä.

Aber er wa aunnich doof, unser Gunther, der tat bloß so. Der hatte watt studiert un Schule un alles, aber ehmt immer ersma Playboy gebliem, datt süße Leben, dolsche wita, nä.
Bloß keine geregelte Aabeit! Lieber in den Jetset zugange mitte Soraya un Tina Onassis, Edward Kennedy un watt nich noch alle un ehmt Brischitt Bardot, nä. Hatse sich auch gleich verliebt rein, weil er son Weltmann wa, un sie wa ja von Haus aus eher ... also, der Vatter hatte inne Flüssiggasbrangsche zu tun, nä, un dann sie als Weltsta mit Busen un so blond un diesen berühmten Schmollmund, un da hatsen nu datt Ja-Wort mit gegehm, un dann sindse durche Weltgeschichte – er hatte ja ne Wohnung in Losanne unnen Herrensitz in Bayern unne Willa in Sankt Tropez un noch watt in Paris, datt wa ja schön für son Mätchen, sie immer mit, nä. Un zwischendurch hier maln Film, wose lieb kukken mußte, un da ma ein als Wämp, un dann sollse watt mit Jämes Bond gehabt ham, sacht man – ja, un wie et so is, nach zwei Monate schon der erste Knies inne Ehe, wa ja ihre dritte, nä, un Oktober 69 wurdense schon geschieden, wie et so geht.
Er hat heute immer noch diese blonde Mirja un verkehrt neuerdings an Hof von diesen Fürst von Tuten un Taxi, wo de Frau de wilden Haare von hat, damit man denken soll, se wär modern. Datt wär fürde Brischitt soweso kein Umgang, da paßtie doch ganich hin. Nänä, sollse lieber in Sankt Tropez Robbenbäbis un kleine Hunde retten, ham wer alle mehr von, un sie hat ja auch en gutes Herz. Der Gunther un sie, die ham auch kein Krach, zum Geburtstach schreibterse immer. Et ging bloß nich so gut mittet Zusammleben, datt hat man ja schomma. Willi un ich dagegen ... nuja.

Wer weiß, wofür et gut is, datt er nich so reich is wie der Gunther Sachs un ich nich ganz so schön wie de Brischitt Bardot.

10 Jahre – Juan Carlos

Gott, regierter auch schon widder zehn Jahre, der Juan Carlos, wattie Zeit am rasen is, da merk ich et immer dran. Die Spanier sind ja gut dran mitten, hörnse ma, der hat da richtich Demmekratie reingebracht, wo der Franco endlich weck wa. Son Könich wie den hättich hier auch gerne, lieber wie den Kohl unten Rau! Da is donnix dran, an beide, aber Juan Carlos is einen schönen Menschen un Soffie auch, un leben übrigens ganz bescheiden da in ihr Madrid, nix neun Schlösser wie Gustav in Schweden oder son Brimborium wie in England.

Natürlich hamse auchen Palast mit hundert Zimmer, aber da spielt sich nich viel ab, er hat mit Soffie en Häusken gemietet, von Staat, dem sein Diener er ja auch wär, sachter. Soffie is ja einmalich – is ja eintlich auch *unser* Soffie, wissen Sie, nä? Ja sicher! Unsere Friederike seine Tochter, un die wa doch unsern letzten Kaiser seine Enkelin un hattann den Könich Paul von Griechenland geheiratet, wo auch Konstantin ein Sohn von is, also Soffie sein Bruder, der mit Annemie in England rumsitzt un nich mehr Könich sein darf, weilse in Griechenland de Demmekratie ham. In Spanien auch, aber trotzdem en Könich, so sintie Länder verschieden, nä, deshalb wird auch nie watt mittat vereinte Europa.

Die Kinder von Soffie un Juan Carlos sind ja nu auch schon groß, Felipe lernt Könich, wie sein Vatter, watt ausse Prinzessinnen wird, weiß man nich, wird schwer sein, für die noch watt Standesgemäßes zu finden, die guten Prinzen sind alle weck, bis auf Lisbett sein Edward in England, aber

der hat ja grade ma mit Ach und Krach de Schule geschafft. Un sonz – Albert von Monaco will watt aus Holliwud, wie seine Mutter, die Prinzen aus Luxemburch sind nich reich genuch, die aus Liechtenstein ham so lange Nasen, un mehr gibtet ja schon nich.
Der Juan Carlos heißt eintlich Juan Carlos Alfonso Victor Maria Bourbong y Bourbong un issen Steinbock, die könn ja heikel sein. Aber der kommt soga mitte Sozialisten aus, diese früher in Spanien immer gleich im Kerker geschmissen ham, un datt als Könich, muß man sich ma vorstellen! Hier vertragen sich nich ma de CDU un de SPD, un da sowatt, un datt bei de heißblütigen Spanier! Übrigens is der auch kein reinen Spanier, der Juan Carlos. Bloß vom Vatter her, de Mutter wa aus England, de Omma aus Österreich un Papst Pius der Zwölfte, der sich mitten Hitler so gut vertragen hat, der hatten dammals getauft, watt ne intressante Lebensgeschichte, nä!
Unsereins – kuckense, mein Vatter is aus Herne, meine Mutter aus Bottrop, unser Omma aus Essen-Katernberch, un getauft hat mich der Pastor Heinemann, alles nich so doll. Un Soffie hat soga zwei Kaiser inne Familie, sieben Zaren – also Russen, nä, mehr wie 20 Könige un is in Schwaazwald in Deutschland auffe Schule gegang un immer bescheiden, einfache Kleidchen, bringte Kinder persönlich morgens nache Schule hin, un nur wennse mit ihren Gatte nache Oper geht, dann trächtse schomma son Diadem un watt Hochkarätiget inne Ohren, damittat Volk aumma watt zum Staunen hat. Viva Espanja, nä.

8 Ehemänner – Zsa Zsa Gabor

Da heiratet die zum achtenmal!
Sowatt kannich mir überhaupt nich vorstellen, übersteicht mein Fassungsvermögen, is sowatt denn normal? Immer «bis datter Tod euch scheidet» un nach zwei Jahre schon widdern andern? Der gezz hier, der achte, datt is ein deutschen Prinz, un der wußte vorher vonne Heirat noch ganix, datt müssense sich ma vorstellen, die kennt den vier Jahre, nä, den Prinz von Anhalt, un dann hatsen aufne Paaty eingeladen un hat gesacht: Frederik, paß auf, ich hab ne Überraschung für dich. Un der ahnt nix, nä, un dann wa datt Fernsehn schon da, hatte sie alle bestellt, un dann verkündetse plötzlich, wie datt Fernsehn eingeschaltet is: Hier, datt Prinzchen un ich, wir wolln heiraten, nä, Frederik?
Un er ersma vonne Socken, aber nu konnter ja nich mehr raus un hattet gemacht.
Er soll 45 sein, aber er sacht, er wär ers 42, fang die Männer gezz mit diesen Kappes auch schon an? Sie macht ja ewich watt her mit ihr Alter, so Mitte Fuffzich, sachtse, wärse. Ich bitte Sie! Da helfen auch sechs Fund Schminke nich, dattich datt glaub, un außerdem waase 1936 schon Miß Ungarn, da müßtese bei Mitte Fuffzich heute ja wohl fünf, sechs Jahre alt gewesen sein, datt kannse erzählen, wense will, aber nich Else Stratmann, bei sowatt is man mindestens zwanzich dammals gewesen, dann wärse – waatense ma –, ach, rechnen kannich immer nich so gut, aber unser Omma sacht auch, watt, die Zsa Zsa Gabor? Die kennich doch schon ewich un drei Tage aussen Kinno, Im Zeichen

des Bösen, die is derselbe Jahrgang wie Tante Päule, untie is Jahrgang 19. Un Willi hat ma gelesen, dattse Jahrgang 12 wär, dann wärse gezz gute 74, datt käm schon eher hin, Haare gefärbt, Haut en paama hinterde Ohren genäht, kann man ja alle machen heute, ich sach immer, wem et gefällt, nä ... Aber achtma heiraten! Vierma wäret Liebe gewesen, sachtse, der Rest bloß legalisierte Liebesaffären.
Ja du liebe Zeit! Wenn ich jeden gleich geheiratet hätte, wo ich ma schöne Augen nach gemacht hab oder verliebt drin wa, dann hättich den Belmondo schon heiraten müssen unten Clark Gäbel unten Prinz Luis Ferdinand von Preußen unten Kürten unten Professer Brinkmann und – gut, da wärich auch schonnen paama geschieden gezz, aber ich hab ehmt meine Triebe nich dauernd nachgegeben, nä, ich bin bei mein Willi geblieben, auch wennet manchma schwerfiel ... et gibt doch aunnoch sowatt wie Treue –
Aber in der ihre Kreise ja wohl nich. Mit Treue kommze aunnich genuch inne Zeitung, verkauft sich nich, fürm Sta, nä. Den ersten Gatte hattese mit 17, datt waren Türke, dann den Hotelbesitzer vonne Hiltonkette, der brachte datt Geld inne Familie, dannen Schauspieler; der brachtese nach Holliwud, dannen Industriellen, für datt Konto widder zum Aufstocken, dann wase dem Rubirosa seine Freundin, diesen Playboy, wo auch Soraya mit zugange wa, un gezz isser schon so lange tot, dann ein Ölfritze aus Texas, dann den Erfinder vonne Barbie-Puppen, die ja auch alle aussehen wiesie, bloß dünner, dann son Rechtsanwalt un gezz den Prinz, ma kucken, watt danach kommt, der Biolek is ja noch frei, obwohl ... dem seine Zähne wem ihr nich gefallen, mir aunnich.
Aber Sie sehen schon: Die hatte immer reiche Kerle, un sie

sacht ja auch: Mit ein aamen Mann scharmant sein, datt is genauso anstrengend wie mit ein reichen, warum dann nich gleich mit ein reichen?
Schlau, nä, auf sowatt käm ich ganich ers, aber da liechtet schon inne Familie, der ihre Mutter hatte in Nu Jork schonnen Laden für nachgemachte Brillanten, wenn de echten im Säfe liegen.
Einma hat ein Pollitiker von ein ganz aames Land der Zsa Zsa en Schinschilla geschenkt unne Limusine, un da ham de Amerikaner sofort de Entwicklungshilfe nach dies Land eingestellt un gesacht, dann wirtet ja so nötich wohl nich sein, wenn euer Scheff der Tusnelda so Geschenke machen kann, datt wa datt letztema, wo mir Amerika gut gefallen hat, is aber auch schon widder lange her.

65 Jahre – Prinz Fillip

Datt habbich ja schomma gesacht, kann man aber nich oft genuch sagen, datter Prinz von Edinburch eintlich *unserer* is, nä, Lisbett seiner. Der hieß ma Mauntbätten, un datt is auf englisch Battenberch un deutsch, un datt kam so:

Vor hundert Jahre, da gabet in Hessen noch Großherzöge un Prinzen un watt nich alle, un ein son Prinz von Hessen hat sich verliebt inne russische Zarentochter, wo der Vatter dann ziemlich wütend drübber wa, weil mitte Russen wolltense schon damals nix zu tun ham, aber der hattie dann doch geheiratet, un nu saßense rum un mußten auchen Tittel kriegen, un da hatter Vatter auffe Landkarte nachgekuckt, watt noch frei wa, un da gabet bei Daamstadt ein Battenberch, gut, hatter gesacht, datt nehmter euch, dann seider gezz ehmt Fürsten von un zu Battenberch.

Un so waret dann auch, un die krichten ein Kind nachet andere, immer alle durchenander anne Höfe hin verheiratet, un heute gibtatt in Europa kaum ein Schloß, wo nichen Battenberch rumlungert.

Unser Fillip zum Beispiel, nä. Datt is der Sohn von den griechischen Prinz Andreas, un väterlicherseits stammter aus Dänemaak un mütterlicherseits – ja, sehnse: vonne deutschen Battenberchs, alles versippt un verschwägert, un dann hatter sich 47 mit Lisbett von England verlobt, da warer noch Fadfinder beide Marine un hat nie damit gerechnet, dattie ma Königin würde un er müßte dann immer drei Schritte hinterhergehn. Aber er machtatt nett, nä, doch, ja.

Seinen Jachtfimmel, den könnter sich von mir aus abgewöhn, un wattat Polospielen soll, habbich auch nie verstanden, aber man steckt ja nich drin, sarich immer, un gezz daafer ja auch ganich mehr, hat wohl watt am Rücken. Überhaupt, der is empfindlicher, als wie man denkt, einma hatterne Entzündung anne Handgelenke gehabt bloß vom Händeschütteln vonne Untertanen.
Gezz isser 65, könnter auf Rente gehn, geklebt wirder haben. Aber solange sie weiter aabeitet, sie is ja noch Königin, nä, muß er Prinzgemahl machen, un da stehter sich aunnich schlecht bei. Ich weiß gezz nich, watt er so hat an Taschengeld, aber sie verdient pro Tach steuerfrei $2^1/_2$ Million, schon alleine vonne Werte, die se angelecht hat, also da könnse schon auskommen mit, nä. Kinder sind groß, bloß Edward muß noch unterde Haube, sonz hamsese wahhaftich alle losgekricht, Oppa isser auch schon ...
Watt schenkt man so ein wohl zum Geburtstach, der alles hat? Sack Hafer für datt Ferd, nä. Schenkt ihm Anne bestimmt. Un Lisbett Schlips un Socken, wie alle Ehefrauen, oder ma son Rasierwässerken, braucht auchen Prinzgemahl, schließlich. Un sonz – Krickettschläger, Feldstecher, Jachtgewehr, Gott, so viele Intressen hatter ja nu auch nich. Dann wird datt Kaffee un Kuchen gehm, wie auf jeden 65. in jede Familie, un manchma denk ich so, sitzter ahms in sein könichlichen Lehnstuhl un denkt drübber nach, wenner Lisbett so ankuckt, wiese grade widder Gerstenschleim mit Zitronsaft löffelt; wose den schön Teng von hat, watt wohl geworden wär, wenner ein nettes eimfaches Mädchen geheiratet hätte – aber dafür isset ja nu wohl zu spät.

10 Jahre – Silvia und Gustav

«Ich, Renate Silvia Sommerlath, nehm dich, Carl Gustav Folke Hubertus, zu mein wahren Mann. Dich zu lieben in Not un Freude, un als Sümbol empfang ich diesen Ring ...»

Ja, datt is nu auch schon widder zehn Jahre her, wo unser Silvia den Könich von Schweden heiraten durfte. Bei Olümpia hattense sich kenngelernt, da wa sie noch Hostesse, un dann alles schön geheimhalten un heimlich 17ma treffen mit falsche Haare un angeklebte Bärte, un dann wa Verlobung.

Er is ja ein ganz Lieben, nä, doch, ja, netter Kerl, muß man aumma so sehen. 1946 isser geboren, sie is ja drei Jahre älter ... sieht man abber nich.

Wußten Sie, datter Gustav – ich nenn den immer Gustav –, datter vier Schwestern hat? Ja! Magaretha, Brigitta, Desiree un Christiana, un er wa der Jüngste, un der Vatter is gestorm, da warer noch ganz klein, der aame Gustav.

Die Brigitta is mitten Hansi von Hohenzollern verheiratet, wo Silvia dammals ihr Tagebuch verloren hat, wiese zu Besuch wa, datt wa ja ein Drama! Mitte geheimsten Aufzeichnungen ausse könichliche Ehe! Bis heute komm ich nich drübber weck, datt ich datt nich gefunden hab, ma einen kleinen Blick rein – hach, wär zu schön, aber watt wolltich eintlich erzählen?

Ahja, vor zehn Jahre, 19. Juni 1976, da hattense Hochzeit in eins vonne neun Schlösser, die der Gustav hat. Fragense mich gezz nich, wieso der gleich neun Schlösser braucht un jedes mitten paa hundert Zimmer drin, aber gut, gehört wohl alle dazu wie bei unserein de gehäkelte Klorolle hinten innen Kraftwagen. Die Sonne wa am scheinen, Silvia hatte son Kleid von Dior an in Elfenbein, Weiß machse nich, sachtse, datt trächt so auf, un Elfenbein kannze hinterher aunnoch abschneiden un als Cocktälkleid tragen, also vernümftich isse ja, die Silvia. Brautstrauß wa Orchideen un Maiglöckchen, nä, unter Erzbischoff Olof hatse dann getraut, un ich wa am weinen.

Un ein Jah später kam schon de kleine Viktoria, un nu hamse schon drei Kinder un kannze für 300 Maak ne Kassette kaufen, Video, da sindse alle drauf: «Bei uns zu Hause – ein Besuch bei Silvia, Carl Gustav untie Kinder», tätich ja zu gerne ma sehen, aber ich kenn kein, der die Kassette hat, un 300 Maak is mir für sowatt dann doch zu teuer. Ich seh ja auch inne Herzensillustrierte immer jede Woche, wie et bei denen zu Hause zugeht: Silvia sitzt mitte Kinder auf echte Brücken un is am lächeln, un Carl Gustav fährt mit sein Segelboot durche Fjorde, weil, regieren musser ja nich, machtatt Paalament, der hattet schön da in Schweden. Un manchma ziehnse Tracht an, un dann gehtet ab inne Provinz nache Lappen oder de Renntiere, un in Schloß Drottningholm toben de Blagen durche 400 Zimmer.

Zehn Jahre – nuja, lasse ma ers siebzehn Jahre verheiratet sein, wie Willi un ich. Dann sprechen wer uns widder. Jeden Tach Sonnenschein – datt gibtet inne Paläste genausowenich wie inne Metzgereien.

30 Jahre – Die aame Carreline

23. Januar 1987, Carreline wird dreißich.
Watt ein Elend!
Ich weiß noch, wiese son klein Döppken wa in den Grimaldipalast, die wa ja Gräce un Rainer seine erste, nä, übrigens auch ganz knapp, datt liechta scheinz inne Familie, 18. April 56 hatter die Gräce Kelly geheiratet, der Fürst, un Januar wa Carreline schon da, nuja, geht grade noch, nä, Kind der Liebe. Un ers wuchs se ja auch nett ran, bei ein Schülerwettbewerb waase soga ma dritte in Schwimmen, un dann reiten, Tennis, watt sonne Prinzessin so macht, wenn der Tach lang is, mitten Studium in Paris, datt ging dann nich so, hatse lieber mitten Jünot inne Discos rumgelungert un dann ... ach, man machet schon ganich mehr sagen, datt wa der Fürstin ihr Lebensproblem, wie die den geheiratet hat. En Makler! Ich bitte Sie! Nur aus Trotz, nur aus Trotz, aber in dem Alter sindse ja so, wir wußten alle, dattat nich gutgeht, un bitte, nä. Sie wollte den Lebemann ham, untie Mutter mochte den so gerne wie Sauerbier, nemmich ganich, der Fürst hat sichen Mund fusselich geredet, nein, Juni 78 wa Hochzeit, da waase grade 21, un ich weiß noch, ich saß mit unser Inge inne Küche, wir waan Bohnen am schnibbeln, un ich hab gesacht, Inge, da kannze drauf waaten, zwei Jahre, kein Tach länger – un watt soll ich Ihn sagen?
Nach zwei Jahre wa de Liebe inne Wicken, un gezz soll der Papst sagen, dattat alle nich gilt, aber der hustet ihr watt, nä, wo ja der Jünot aunnoch überall rumerzählt, dattat

sehr wohl gilt, un wüßte er nich, warum datt nu nich gelten sollte.

Dann hatse sich Hoffnungen auf den schön Roberto gemacht, Ingrid Berchmann sein Sohn, aber da lief nix, un wiese gemerkt hat, dattie Züge alle abfahren un datt soga Schaals von England lieber de spillerige Diana nimmt als wie sie, ja, da hatse dann schnell zugegriffen un den aam klein Casiragi geheiratet, der weiß bis heute nonnich, wie er da wohl drankommt, weil, grade waase noch mitten Tennisspieler zugange, un dann ganz schnell, holterdipolter Hochzeit, un nach fünf Monate schon der kleine Andrea Albert, so lange kannte die den Casiragi noch ganich, aber ich hab nix gesacht, nä.

Un dann datt zweite Kind! Wo kommtattenn nu widder her? Er kann doch nich, heißtet, er hattoch da unten watt, weshalb er nich kann un aunnich zum Militär muß ... nä, nä, dem Rainer seine Sorgen möchtich nich haben, Carreline kricht Kinder von Luft un Liebe, Steffanie kann nich singen, un Albert gehn schon de Haare aus un is noch keine dreißich, untie Fürstin liecht unter de Erde, un Ira von Fürstenberch hatter aunnich geheiratet, dabei hatter Papst bei der ihre Ehe dammals hinterher gesacht, ätsch, gilt nich – wa abern andern Papst.

Carreline habbich nonnie zweima mittat selbe Kleid gesehen, wolltich noch sagen. Aber datt sarich ohne Neid. Ich möcht mitter Frau nich tauschen, nich geschenkt.

60 Jahre – Maria Schell

Ich mein, sein wer ma ehrlich, für sechzich siehtie Olle noch gut aus, kannze nix gegen sagen, also wenn ich so mit sechzig ausseh, binnich froh, sarich neulich zu Willi, un er sacht, kannze mir ma sagen, wieso de datt ganze Leben aussiehs wie Else Stratmann, un mit sechzich willze aussehen wie Maria Schell? Männer kapieren ja sowatt nie.

Un ich sach immer, datt kommt nich alle vonne Kosmetik, – von watt weiß ich Gurkenscheiben auffe Backen un liften un watt noch alle, datt kommt auch von innen.

Kuckense, die Schell, inne Filme waase zwa ne Heulsuse un immer am weinen, aber sonz – wiene Lachmöwe, hat unser Omma immer gesacht, nein, watt kann die Frau schön lachen, Tonleiter rauf, Tonleiter runter, un außerdem, wer viel heult, hat auchen großes Herz, weil, da brauchze Gefühle für, un Gefühle machen en Mensch schön, da können se gegen sagen, wattse wollen.

Kuckense de Knef – schwatte Balken auffe Augen un zugeschminkt bis da, un als Wämp, un immer unglücklich un schlecht gelaunt, un gezz sitztse in Amerika rum un findet, wir hättense alle nich lieb genuch, unser Maria dagegen, die fracht sowatt ganich, die machte Aame auf un schreit: Ach, ich hab euch ja alle soooo lieb, obse einer fracht oder nich, datt is schon son Wonneproppen, die.

Wie wir noch inne Jugend Maienblüte waren, wie der Dichter so schön sacht, da waren wir oft im Kinno, immer mit Maria Schell, dammals wa ja alles mit Maria Schell, nä, un im Dunkeln habbich dann auch geheult, weilse O. W.

Fischer nich gekricht hat, un ich habben aunnich gekricht, un heute sind wer beide froh, dattwern nich gekricht ham – Gott, ja, lange her, ich hab dann mein Willi geheiratet untie Marie den schäbigen Veit Dingens, als zweiten, den mach ich ja nich so, aber Gott, lasse, mir musser ja nich gefallen, nä. Willi gefällt aunnich jedem, da müssen wer durch, Maria un ich.

Wo warich?

Maria Schell ... Solange du da bis. So hieß der eine schöne Film, un gezz isse über sechzich. En bißken überkandidelt isse ja, aber Hand auffem Herz, datt sintie Schauspieler doch alle. Datt is numa kein normalen Beruf, wosse morgens nachet Katasteramt hingehs un ahms hasse frei. Da musse so tun, als wärsse ne aame Machd, die im Wasser gehen will, dabei bisse reich un has in Wirklichkeit ne Willa, da muß einer ja durchdrehen un nich mehr wissen: watt is gezz Film un watt is Leben? Der eine schafftet, der andre nich. Maria schafftatt.

Die wär auch ne gute Miß Ellie für Dallas, hörnse ma. Die hat ja auch immer alle gleich lieb.

Mord und Totschlach

Datt Nibelungenlied
(Für Jürgen Lodemann)

Unser Siechfried. Datt Nibelungenlied

De Forscher sagen, 1986 wär datt 1500 Jahre her, dattse unser Siechfried hingemacht ham, also 486. Is lange her, aber trotzdem ... Siechfried! Der war immer mein Held, un wie der Peter Hofmann aufkam, dacht ich ers: der isset. Un der singt ja auch dem sein Schicksal jedes Jah in Bayreuth, wo dem Aga Kahn seine Gattin, de Begum, immer de neusten Bettücher aus reine Seide vorführt un wo Brigitte Beckenbauer dammals dem Franz beigebracht hat, wie man en Schmoking trächt, un wo sich der Bundespräsedent stundenlang dem Richard Wachner sein Singsang anhört bei den ganzen Nibelungenring ... möchtich nich geschenkt hin, aber is ja ein Teil von diese Nibelungen, unser Siechfried, untie Nibelungen, datt is der Schatz, den der grimmige Hagen – der heißt immer so, der grimmige Hagen – im Rhein geschmissen hat, datt is datt Rheingold, un weiß keiner, wo datt liecht. Kann ich mir überhaupt nich vorstellen, datt hattoch bestimmt irgendson Schlauberger schon rausgefischt, aber wenn nich, dann is bestimmt heute nix mehr von da, wose de ganze Schemie im Rhein schmeißen, da löst sich auch datt Gold der Nibelungen auf.

Ach, der Siechfried ... da hattat alle mit angefangen, soll ich ma erzählen? Passense auf, is intressant, da gabet in Xanten an Rhein anno ippich, graue Vorzeit, gab datt ein Könich, der hieß Siechmund, un dem seine Gattin hieß Siechlinde, un weilse alle scheinz so furchba einfallsreich nich waren, wie hieß datt Knäblein? Richtich, Siechfried.

Un wie datt dammals so wa, nä, der Könich Siechmund mußte mit seine tapferen Recken inne Schlacht ziehen wegen irgendein Kriech, heute sacht man, Vatter muß auf Montage, un da wa Siechlinde noch in andere Umstände. Untie ganze Zeit wa da an diesen Hof einer hinterse her un krichte aber kein Stich, un wie der Könich zurückkam, isser ihm entgegen un hat gesacht, Mann, Siechmund, nä, wenn du wüßtes, wie et die Olle hier getriem hat, während du auf Montage wars un ma ehmt datt Nachbarreich in Asche gelecht has – un Siechmund, nä, dusselich, wie de Männer sind, statt datter se selber fracht, krichter gleich son histerischen Anfall.

Weck mittat Flittchen aus meine Augen, schreiter, ich willse nich mehr sehn, bringtse im Wald un murkstse ab.

Dammals ging datt ja noch so eimfach, un wenn einer Könich wa, schon soweso.

Also, die Knechte mitte Königin im Wald, un dem einen tatse leid.

Son nett Fräuken, sachter zu sein Kumpel, un hoch in andere Umstände, laß wer se doch laufen lassen, ich kann die nich überm Jordan schicken.

Aber der andere wa son richtich sturen Beamten, wo wer ja in Deutschland, watt sarich, inne ganze Welt berühmt für sind, Flicht is Flicht, nä, Befehl is Befehl, un da kamense dann in Harnisch, nä, un gingen mitte Lanzen auffenander los un fingen am kämpfen. Un währenddessen, steht inne Heldensagen, «währenddessen wa aber über de Königin die schwere Stunde gekomm un sie genas eines Knäbleins».

Schön, nä? Genas eines Knäbleins. Un datt Knäblein hatse dann in ein Körbchen gelecht, wattse wohl grade bei sich

hatte, un dann wurde ihr domma kurz schlecht, wa ja auch keine Hebamme da un nix, un auf einma siehtse, wie datt Körbchen auffem Rhein rutscht, un weck isset mitte Strömung – un sie vor Schreck en Herzschlach un tot, nä, wase de längste Zeit Königin gewesen – un datt Knäblein ab auffen Fluß, datt hamse geklaut, die Idee, von Moses, nä, der is ja auch auffet Rote Meer oder auffen Nil oder watt weiß ich in ein Körbchen rumgegondelt als Kind, un diesma waret nu unser Siechfried, immer Richtung Nordsee ab.
Un dann muß datt Körbchen wohl am Ufer hänggebliem sein, un da wa dann sonne Hirschkuh, der tat datt Kind leid, weilet so am weinen wa, Tiere sind ja oft viel bessere Menschen, un die hatten dann mit ihre Milch großgezogen. Un da is unser Siechfried dann inne Wälder aufgewachsen wie Taazan, bloß blond, un eines Tages kam en Schmied im Wald für zum Holzsammeln, datt wa der Herr Mime.
Datt Holz brauchte der, damittet inne Schmiede immer schön prasselt, diese Lohe, nä. Un der sah datt Knäblein, datt konnte zwa nich reden, aber hatte ziemlich Muskeln, immer anne frische Luft un Hirschmilch un Kräuter un alles, Donnerwetter, dachter, den nehmich mit, der kann mir inne Schmiede schön helfen, billige Aabeitskraft.
Un so kam der Siechfried anne Lehrstelle, wo er nich lesen, nich schreiben un nich ma sprechen konnte, datt waren ehmt noch ganz andere Zeiten.
Aber nu wa der vonne gesunde Luft in den Wald un von diese Hirschmilch wohl zu staak geworn, jedenfalls, watter anpackte, ging kaputt, Hammer kaputt, Amboß mittendurch, also wo heute de Olümpiasieger immer diese Anabolika für essen müssen, datt konnte der Siechfried von ganz alleine, nä. Un datt wurde dem Herr Mime dann auch

ma zu dummhapp, un er dachte sich, wie er den bloß widder loswerden könnte, un da hattern im Wald geschickt, wo son Unhold hauste, irgendson fiesen Kerl, der sich an kleine Mädchen vergeht oder watt weiß ich, da schickter den Siechfried nach hin un denkt: Der wird ihm eins über de Rübe geben, un ich binnen los.
Denkze, nä. Auffen Wech dahin trifft der Siechfried ein Zwerch, fragense mich gezz nich, wie der da im tiefen Tann kam – wahscheinz hattat deutsche Volk immer schon alles, wattet nich normal fand, seitwärts inne Büsche geschickt, also, jedenfalls, dieser Zwerch, der wa nich auffem Kopp gefallen, un der wußte auch, wer der Siechfried eintlich wa, un der hat sich den ma vorgeknöppt, nä.
Hömma, sachter, wennich dich so ankuck, weisse watt, du bis der Könichssohn aus Xanten, wo dein Vatter sich de Augen nach ausheult, weil datt dammals alle so schiefgelaufen is, geh du ma lieber fix nach Hause hin un tu datt Reich erben als wie hier im Wald rumlungern, wo der Unhold haust, der hat nemmich grade weiter unten am Rhein ne Könichstochter geklaut, un in dem seine Höhle is schwer watt zugange, da krisse ein übergebraten, datte dich nich mehr kennz, wennze da gezz hingehs. Aber Siechfried, nä, staak, wiese in dem Alter so sind, weiß alles besser un hört bloß «Könichstochter» un hat schon Oberwasser.
Die befrei ich! schreiter, un dann ab nache Höhle von den Wüterich, un tatsächlich. Ich mach datt gezz ma kürzer, er erschlächt den, nä, «datt ihm Helm un Wehr Stück um Stück zersprang», wie et so schön heißt inne Heldensage, un wer sitzt inne Höhle un is am zittern? Ja, dreima dürfense raten, da hatter nemmich die Kriemhild schon gesehen, so hattat angefangen, un dann hatterse zurückgeschickt

nach Worms, wose her wa, un er widder zurück zu den Mime un hat gesacht, so, Alter, nomma schmiersse mich nich an, gezz schmiedesse mir sofort en Schwert, wie et die Welt nonnich gesehen hat.

Dammals hamse ja alles noch mitte Schwerter geregelt, wose heute Raketen für nehm, nä, un der Mime wa innerlich am kochen un wollten Siechfried lieber heute wie morgen loswerden. Un da fiel ihm ein, datter nochen Bruder hatte, der wa einen Drache. Ja nu! Sowatt gibtet! Unser Tante Herta is auchen Drache, aber dem Mime sein Bruder, der Fafnir, datt wa son echten, einen Lindwurm, wie datt dammals noch hieß, so mit Schuppen un grüne Zacken auffen Rücken un Feuer ausse Nase blasen, un mitten kam der Mime ganich gut aus, aber nu komm Sie ma mit ein Bruder gut aus, der en Lindwurm is, ich bitte Sie! Der Mime hattat den Siechfried aber nich verklickert, dattat immer Ärger gibt mitten Fafnir, der hatten ganz scheinheilich im Wald geschickt, gehsse ma nach mein Bruder hin, nä, hatter gesacht, sachze schöne Grüße un kuckze ma, wie er so kuckt ...

Un Siechfried los, nä, un ein Riesentrara mitten doofen Drache, un inne Heldensage steht: «Aber datt Eisen schnitt nich, un der furchbare Wurm schob de Klauen vor un entwand dem Helden de Wehr.» Ja, da denkt man schon, gezz wär Essich mit Jungsiechfried, aber dann hätten wer ja datt ganze Nibelungenlied nich, un so ging et also weiter, un kurz un gut, Siechfried schlächt dem Drache den Kopp dann donnoch ab, un dann warer müde un hatte mächtich Kohldampf, un stellnse sich vor, der schneidet von den Drache sein Schwanz en Stücksken ab un ißt datt! Furchba! Watt waren datt Babaren, nä, aber ehmt graue Vorzeit. Un wie er datt so ißt, kanner plötzlich verstehen, wattie Vögel sagen, datt muß wohl so Zauberfleisch oder watt gewesen sein, un die sagen: Kumma, Siechfried, watten Doofen, der weiß scheinz nich ma, datt man in Drachenblut baden kann, un dann isser unverwundba! Wie er datt hört, nä, Siechfried – Rüstung aus un rein im Blut, bäh! Ich daaf ganich dran denken, aber er machtatt, un datt wa alle auf diesen Drachenfels am Rhein, wo wir heute auffe Terrasse sitzen un Kaffee un Kuchen essen, wennse schlau wärn, würdense einen ne Tasse Drachenblut verkaufen, wär doch *datt* Geschäft.

Wie er da so drin badet, krichter am ganzen Körper ne Hornhaut, also der Mann muß sich furchba angefühlt ham, wennse mich fragen, ich weiß ganich, wattie Kriemhild an den gefunden hat, aber wode Liebe hinfällt, sarich immer ... Un bloß an *eine* Stelle oben anne Schulter is datt berühmte Lindenblatt draufgefallen, un da warer ja dann für zum Durchbohren freigegeben, aber datt kriegen wer später.

Also, wie der Drache erledicht wa, isser ers nomma zu den ollen Mime un hatten eins drübbergezogen, datt mussen ganz schön Schläger gewesen sein, diesen Jungsiechfried da, un dann ab nach Xanten, den Vatter kennenlern un kucken, watta zu holen wär. Un wie er so unterwechs is, da triffter schon widder zwei Zwerge, so Wichtelmännekes, un die hatten sich inne Wolle un sollte er schlichten. Datt gab dann widder sonne Keilerei, unter Männer geht ja alles nur mit Kloppe, un am Schluß blieb bloß noch der eine übrich, der hieß Alberich, datt wa der mitte berühmte Tarnkappe für zum Unsichtbamachen, un der sacht, wie Siechfried ihm de Mütze vonne Rübe reißt, Hilfe! sachter, verschon mich, edlen Recke, dann krisse auch den Hort des

Nibelungen untie Tarnkappe un alles, un der Siechfried machtatt, nä – un da hatter en Wahnsinnsschwert geerbt unnen Berch voll Brillanten untie unsichbare Mütze un watt nich noch alle, gezz brauchte er bloß nochen Ferd, en Ferd, en Ferd, en Könichreich für en Ferd, sachter Dichter.
Aber weil et ja immer datt Beste sein mußte, konnte datt nich irgendson Gaul sein, nein, mußte von den Isenstein kommen, wo de verzauberte Königin Brunnhild wohnt. Datt muß Island gewesen sein, wo heute noch datt waame Wasser ausse Erde spritzt, jedenfalls, Siechfried über de Meere dahin un fintatt Ferd un siehtatt Schloß, datt muß wie Dornrösken gewesen sein – alles zugewachsen un drin Brunnhild am schlafen, er hatse wohl mit ein Küßken geweckt, jedenfalls, der Zauber wa vorbei, un dann isser nochen paa Tage dagebliem ...
Fragense mich nich, wattie da gemacht ham, aber da muß datt ganze Elend schon angefang ham, weshalb se später alle sterben mußten, die hatte sich wohl in ihn verliebt, un datt wa sonne feurige Schwatte, aber er dachte da schon anne blonde Kriemhild, die er in den Unhold seine Höhle kenngelernt hatte – un wie er dann eines Tages mittat Ferd widder absegelt nach Xanten zu sein Vatter un sein Erbe, da heißtet so schön inne Heldensage: «Brunnhild aber blickte den Recke nach. Ihr Herz schluch, un sie waatete, datter Kühne wiederkäme.»
Ja, der kam ja dann auch, aber anders.
Er mußte dauernd anne Kriemhild denken, un die wohnte den Rhein runter oder rauf, weiß ich gezz nich, wie die datt immer rechnen, mit ihre Mutter, Frauenname drei Buchstaben, 14 senkrecht, kennse aus jedes Kreuzworträtsel, Ute, nä. Un dann hattese noch drei Brüder, die müssen einer dösiger

wie der andere gewesen sein, Gunter, Gernot un Giselher, da hattet der Wachner her mitte gleichen Anfangsbuchstaben ewich.

Die saßen auffe Burch rum und hatten nix anderes zu tun wie Ritterspiele im Hof un ab un zu ma ein anderes Land überfallen un kucken, wattet da zu holen gäb, un so warense ganz schön reich geworden. Un wennse zurückkam von son Raubzuch, hamse unter de Kemmenate vonne Frolleins Lieder gesung, un datt wa dann de gute alte Zeit, ja, ich möcht aber nich mit tauschen, Sie! Als Volk hattesse da nemmich nix zu lachen, die mußten de Schlösser bauen un für de Herrschaft im Kriech ziehen un bluten un buckeln, kein waam Wasser, kein Klosett, kein Licht, nich ma auffe Schlösser. Untie Frauen – die hatten aunnix von den ewigen Minnesang. Wennse dann son Ritter erhört hatten, watt wa? Heiraten, jedes Jah en Kind, Monogramme inne Wäsche sticken un aus Draht Kettenhemden häkeln fürm Held, gehnse weck.

Un so saß unser Kriemhild auch da rum in Worms mit ihre blauen Augen untie blonden Zöppe un wa froh, wie Leben inne Bude kam un Siechfried antanzte mitten paa hundert Recken un wolltese heiraten. Aber der Gunter, der da Könich wa, der hattie Kriemhild ersma unter Verschluß gehalten un hat gesacht, also, wennze meine Schwester willz, dann musse mir ersma helfen, dattich diese Brunnhild krich vonnen Isenstein, da binnich nemmich schaaf drauf, die soll ja doll sein un mächtich Rasse ham, du kennstie doch von früher?

Kerl, Gunter, hatter Siechfried gesacht, jede andre, aber lass de Finger von der, datt issen Flintenweib, da wirsse nich froh mit. Hasse dennich gehört, dattie neuerdings mit je-

den Freier so Wettkämpfe macht, un wer verliert, krichten Kopp ab? Datt willze doch wohl nich?
Nä, sacht Gunter, aber dann müssen wer ehmt gewinn, komm, Siechfried, sachter, sei kein Frosch, laß wer nach den Isenstein hinfahren un uns die Olle ma vorknöppen, die kriegen wer schon weich, un dann daafze Kriemhild haben, versprech ich dir.
Un dann sindse los, nä.
Übert Meer, mitten finsteren Hagen dabei, un nachen Isenstein hin.
Die Brunnhild hat bald en Schlach gekricht, wiese den Siechfried sieht! Un statt datt er se heiraten will, will datt Gunter, diesen Schwächling ausse Falz, da waase schon auf hundert, nä. Un dann wolltese den Gunter triezen mitte Wettkämpfe, datt wa sonne Art «Wetten, daß», nä – wetten, dattich den Speer weiter schmeißen kann wie du? Un wetten, dattich so weit springen kann, wie du nich ma kucken kannz? Also, ich stell mir die Brunnhild so vor wiede Diskuswerferinnen aussen Ostblock, die auch hinterher immer heimlich Männer sind. Ich weiß überhaupt nich, watter Gunter an der gefunden hat, aber er wollte die. Datt mussen komischen Heini gewesen sein.
Un der Siechfried, der kuckt sich datt so an un denkt, Jesses nä, bei der Tusnelda krichter Gunter kein Bein auffe Erde, muss ich wohl ma mitmischen, un dann fix de Tarnkappe auf, nä, warer unsichtba. Un dann, als Gunter mittiese furchbare Brunnhilde zugange wa, zentnerschwere Steine schmeißen un meterweit durche Dünen springen, da is er immer heimlich hin un hattat gemacht un hatten Gunter durche Luft getragen un alles, er wa ja unsichtba. Untie Brunnhild hat gemerkt, datta watt nich stimmt, aber

beweisen konnte se datt ja nu nich un wa am schäumen, un am Ende mußtese klein beigeben, Haushalt auflösen, Schiff besteigen un ab nach Worms.
Un dann gabet Doppelhochzeit, Gunter un Brunnhild un Siechfried un Kriemhild, un da klappte auch alles inne Hochzeitsnacht, die waren ja nu wirklich verliebt, aber Gunter un Brunnhild – du liebe Zeit! Ein Theater! Die ließ den nich ran, die konnte datt eimfach nich verknusen, dattse nich den Siechfried gekricht hatte, un wie er dreist wurde, nä, wir kennen ja de Männer, da hatsen sich gepackt un hatten mitte Hosenträger am Bettfosten festgebunden, un da konnter stehen bis nächsten Morgen, ich könnt mich beömmeln!
Ja, aber Gunter wa geladen, nä, un hat gesacht, Siechfried, so gehtet nich, du muss da nomma ran ...
Wie weit datt nu im einzelnen gegangen is, weiß ich aunnich. Aber inne nächste Nacht is Siechfried mit inne Kemmenate mitte Tarnkappe, nä – un er hättese dann bezwungen, heißtet inne Heldensage ... nuja, datt eine, nä.
Un dann hatter schnell Gunter hingelassen, also, die ham die aame Frau aber auch sowatt von beschissen! Un statt datter sich stickum ausset Schlafzimmer wenichstens widder verzieht unten Schnabel hält, klauter nochen Gürtel un ein Ring – er, nä, der den ganzen Nibelungenschatz hat, muß sich hier aunnoch dran vergreifen, bloß aus Eitelkeit! Datt hatter nemmich dann Kriemhild geschenkt aus lauter Wichtichtuerei un hat ihr alles erzählt. Inne schwache Stunde. Datt hätter ma lieber lassen sollen! «Ach, dies sollte manch tapferen Degen un auch ihn selbs datt Grab un alle bittere Not bereiten!» Un so waret auch.
Aber Jahre später.

Ersma is Kriemhild mit Siechfried nach Xanten hin un hamse auchen Kind gekricht, un bei Gunter un Brunnhild wa von Anfang an der Wurm inne Ehe, un eines Tages sacht sie: Warum lädze deine Schwester eintlich nich ma ein mit ihren Gatte? Du has doch sonz keine Verwandten, Gunter, un nie sieht man sich ma un hü un hott, nä. Heimlich wolltese bloß den Siechfried ma widdersehn, wose nach am schmachten wa. Gunter, blöd wie immer, merkt nix, die sind ja scheinz nich so helle da inne Falz, klaro, sachter, laden werse ein.

Un dann hattern Bote nach Xanten geschickt, datt wa ja immer son Umstand, nä – gab ja keine Post, also Bote rauf, obse kommen, Bote widder runter, dattse kommen, deckt schomma den Tisch un machtie Betten –

Un dann kamense.

Datt Kind hamse zu Hause gelassen bei den ollen Könich Siechmund, un datt hamse nie widdergesehn. Aber soweit sind wer nonnich, ersma Hin un Her un Hallo un wie gehtet? Aber Kriemhild jung un schön, nä, glücklich mit ihren blonden Recke, un Brunnhild muß wohl dammals schon son paa Falten ummen Mund gekricht ham, wie die Frauen haben, wo et inne Ehe nich klappt, seh ich ja sofort, nä, un die beiden mochten sich nich.

Un wiese eines Sonntachs im Dom gehen, gibtet plötzlich Krach, wer eintlich zuerst reindaaf, Brunnhild, weilse hier de Königin is, oder Kriemhild, weilse Gast is – wie Nänzi Regen auffe Hochzeit von Schaals un Diana, wissense noch? Watten Theater, weilse nich in Reihe 4 sitzen durfte, sondern bloß in Reihe 19 un nich bein Hochadel! Dammals habbich mich derekt gewundert, datter Ronald nich England bombardiert hat, de Ammerikaner fangen ja schon wegen viel

weniger ma en Kriech an. Un nu Kriemhild un Brunnhild, nä –
Ich geh zuerst im Dom!
Nein ich!
Wie kommze mir denn vor?
Wer is denn hier de Königin?
Du wärs überhaupt nich Königin, wenn mein Siechfried dammals deinen Gunter nich geholfen hätte –
Un schwupp, nä, schon waret passiert, ein Wort gibtatt andere, un Kriemhild muß dann wohl noch gesacht ham: Du olle Kebse, du! Sachte ma ja dammals. Un als Beweis zeichtse aunnoch den Gürtel un den Ring, hier, sachtse, kommtir datt bekannt vor? Datt hat mein Gatte dir inne Hochzeitsnacht abgenomm, wo du den Gunter an ausgestreckten Aam verhungern lassen wolltes, un gezz mach Platz un laß mich durch.
Un Kriemhild ab im Dom.
Ich mein ja, datt hättese sich auch verkneifen könn. Aber ungestraft geht nix, un mußtese teuer für bezahlen!
Brunnhild sich natürlich de Augen dick geheult, un da kam dann der grimmige Hagen un sachte, Königin, watt is, wer hattir watt getan, sachet mir, ich hau ihm ein auffem Kopp. Un sie: huhu! Die Kriemhild, wattne schäbbige Alte, sacht, der Siechfried hätte – der hätte –, huhu, ich trau mich ganich, datt zu sagen, aber ich will Rache wegen meine Ehre un hin un her, nä.
Un Hagen sacht, komm, heul nich, Mätchen, den öligen Siechfried da, diesen blonden Heino-Verschnitt, den konntich nonnie verknusen, datt kommt mir grade recht, laß mich ma machen.
Un eines Tages, wie ma widdern Feldzuch angesacht is,

geht er nach Kriemhild hin, scheinheilich, nä, der Hagen, un sacht, hömma, wir gehn nachen Kriech hin un Siechfried kommt mit, is ja doch schön, dattu dir um den nie Sorgen machen muß, wo der doch in dies Drachenblut gebadet hat ...

Ja, sacht sie, so siehstu aus, da is ihm doch datt Lindenblatt dammals auffe Schulter gefallen, un wennet ihn da erwischt, isser hin. Ach, sacht Hagen, auffe Schulter? Weisse watt, stick doch da man son Kreuzken hin, dann bleib ich hinter ihm un paß auf die Stelle gut auf, ja?

Un die glaubtatt! Die setzt sich hin un sticktem watt auffet Kettenhemd! Un Hagen schon am feixen un feift sich eins, nä, un sofort zu Brunnhild hin.

Königin, sachter, gezz brauchsse nich mehr lange heulen, den ham wer bald.

Un dann sindse nich inne Schlacht, sondern ersma auffe Jacht im Wald nach Bären oder Wildschweine, dammals gabet ja noch alles inne deutschen Wälder, un et gab auch klare Bächlein, wo man draus trinken konnte, un wie sich der Siechfried ma so runterbeucht nachen Schluck Wasser, zack, kommter Hagen von hinten un ein Stich mitten Speer auf die Stelle, wo die dusselige Kriemhild datt Kreuzken gestickt hat, un aus waret mitten stolzen blonden Siechfried –

«Noch einma seufzte Siechfried, der todwunde, un öffnete die Lider. Kriemhild, mein Weib, sachte der Recke, untie Blumen waren allenthalben naß vom Blut.»

Furchba.

Un damit nonnich genuch, hamse den Leichnam Kriemhild inne Nacht vorde Türe gelecht, un watta am andern Morgen los wa, datt könnse sich ja vorstellen.

Un dann hatse jahrelang angeblich nix gegessen un getrunken un bloß blutige Tränen geweint un immer Rache, Rache gesacht ... Un Brunnhild hatte Oberwasser, nä.
«Ach, nich lange dauerte datt, un auch ihre Hoffahrt mußte vergehn!»
Hagen hatte gezz Angst, dattie Kriemhild den ganzen Nibelungenschatz ausgibt für ein Heer von Mörder, wegen de Rache, weil, datt sprach sich natürlich rum, dattie den Keller voll Gold hatte, un da kamen dann de Subjekte von überall her un boten Dienste an un watt nich alle. Na ja, un eine Nacht is Hagen dann nachen Keller hin, Tür auf, datt ganze Gold raus un ab damit im Rhein! Der hat nich ein Ring un nix behalten, könnse sich sowatt vorstellen? Fährt bei Nacht un Nebel alleine mit ein Kahn raus un kippt ein *Ver-mö-gen* im Rhein rein, da, wo er am tiefsten is, un sacht keinen Mensch, wo! Da suchense ja heute noch nach, Rheingold, nä.
Ob der Krupp datt gefunden hat? Oder der Tuten un Taxis oder wie der heißt? Mit nix könn die donnich nachen Kriech sofort widder so reich geworden sein, wir ham doch alle bloß vierzich Maak gekricht, vielleicht ham die datt Rheingold gefunden ... Vielleicht liechtet aber immer noch da unten, wennet de Schemie nich zersetzt hat, jedenfalls –
Weck warer, der Schatz der Nibelungen, nä. Ja, un nu saß Kriemhild da: Gatte weck, Geld weck, Kind inne Ferne bei Oppa Siechmund, un se wa am trauern, un Brunnhild dachte, sie hättet geschafft. Ja, Pustekuchen.
Die sah ja immer noch ganz gut aus, die Kriemhild, un soviel schöne junge Königinnen wirtatt nich gegeben ham dammals, un eines Tages kam einer, der wa auch Witwer

un ließ anfragen, obset nich mit ihm nomma versuchen wollte. Datt wa dieser Etzel ausset Hunnenland, datt muß wohl Ungarn oder watt gewesen sein, wilde Burschen, un der wollte se haben, dem wa de Frau weckgestorben.
Sie ers immer nein, nä, nach den schön blonden Siechfried son ollen Hunnenkönich, der mit krumme Säbel durche Steppe reitet un hussa, hussa schreit – ich bitte Sie! Watten Unterschied, nä. Aber Kriemhilds Mutter, diese Ute, 14 senkrecht, Frauenname drei Buchstaben, die hattan wohl en Machtwort gesprochen un hat gesacht, Kind, du bis noch keine dreißich, du kannz dir hier nich datt Leben lang de Augen dickheulen un in schwatte Klamotten rumlaufen. Geld hasse aunnimmehr un liechs mir auffe Tasche mit meine Rente, nu nimm doch in Gottes Nam den Hunnenkönich, dann kommsse auch auf andere Gedanken. Un so allmählich hatse de Kriemhild damit rumgekricht, weil die dachte sich auch: waatet, wenn ich ers widdern Gatte hab mit Soldaten, dann räch ich mich, dann seider dran.
Un schließlich hatse dann zude Boten gesacht, okay, nä, sacht euern Hunne, ich nehm en.
Un dann wa Finxten siebzehn Tage Hochzeit, da war aber datt Ende von weck, alle Fürsten ausse Nachbarreiche dabei, auch dem Etzel sein Bruder, der hieß Blödel – watten Name! Aber erklär mir einer de Hunnen ...
Un nu saße in dies Hunnenreich, unser Kriemhild, un wa widder Königin un dachte immer bloß an Rache, vor allem wegen diesen Hagen, der hatte ja nu ganz schlechte Kaaten beise. Un gezz gehtet rubbeldikatz berchab mitte Nibelungen, sind wer ganz schnell durch:
Eines Tages schreibtse ne Einladung, dattse ihre Brüder sowatt von gerne ma widdersehn würde, un die sollten doch

alle ma kommen. Hagen sachte: Jungens, nix, ich kenn die Hippe, datt gibten Gemetzel; aber die langweilten sich bei ihre Fälzer Ritterspiele un wollten gerne ma watt erleben, un der Gunter sachte, och, Hagen, du ollen Miesepeter immer, watt meinze, wattat in dies Hunnenreich schaafe Frauen gibt un Ferde un Pußta un Paprika, nu laß wer domma hier ausse Falz raus un watt erleben!
Un eines Tages sindse tatsächlich los. Alle Mann hoch. Gerüstet bis anne Zähne. Dammals hat man de Kriege ja nich so stickum vorbereitet wie heute, mit Raketen inne Wälder verstecken un Zäune drum, da konntesse gleich sehen: Aha, der schleppte Kanone mit, da is Ärger angesacht.
Un Hagen ganz schlechte Laune, der hatte nemmich sonne Weissagung von irgendwelche Nixen gekricht, datt von alle Mannen bloß ein einzigen de Heimat widdersehen würde, alle andern nich, un datt wär der Kaplan. Un Hagen, wie er so wa, nä, als se mitten Kahn über de Donau mußten, nimmter den klein Kaplan un schmeißten inne Fluten, aus Wut un dattie Weissagung nich stimmt, un watt soll ich Ihnen sagen – der Kaplan kann schwimmen un schwimmt am andern Ufer un geht zu Fuß nach Worms zurück! Da wußte der Hagen: gezz is Matthäi am Letzten, un so waret auch –
Erst Hallo un Getue annen Hof von diesen Etzel, un watt macht Mutter un wie gehtet zu Hause un wie kommze den kla mittein Hunne, un dann gab aber doch ein Wort datt andere, Kriemhild hatte ja nu auch lange genuch gewaatet, dattse die Brut ma zu packen kricht –
Un auf einma geht ne Schlägerei los mitte Schwerter! Un so Kerle hören ja aunnich auf, bis der letzte in sein Blut da liecht, ohne Nachdenken immer inne vollen, so sintie

Männer, nä, un da lagense dann reihenweise, die drei Brüder, der Dietrich von Bern, der Herr Rüdiger un wiese alle hießen, un alles bloß, weil sichen paa Jahre vorher zwei dusselige Königinnen nich einigen konnten, wer zuerst inne Kirche daaf! Daaf man manchma ganich drübber nachdenken, wegen wattet alle Kriech gibt, untie Völker müssen untergehen ...

Am Schluß is Kriemhild nach Hagen hin, weil sich keiner an den rantraute, aber sie hatte ja noch dies Schwert Balmung, wattie Zwerge den Siechfried geschenkt hatten, un zack, ein Hieb, nä, un Hagen waren Kopp kürzer ...

Datt muß wohl der schönste Moment in ihr Leben gewesen sein, konntese aber nich lange genießen, weil datt wa nu soga ihren Gatte Etzel zuviel. Ich mochte den Hagen aunnich, sachter, aber der wa mein Gast, un datt meine eigene Gattin dem den Kopp absäbelt, datt muß ja nu aunnich grade sein, Hildebrand, mach watt!

Hildebrand wa einer von seine Getreuen, nä, un der hattan Kriemhild mit sein Schwert in zwei Teile hatterse dann. Brrr. Un dann wa endlich Ruhe.

Da waanse endlich alle tot, datt wa der Nibelungen Not.

Un datt is alles deutsche Geschichte. Watt lernen wer dadraus?

Datt wer de Klüchsten scheinz nonnie waan.